건축의
신

건축의 신 17

반자개 장편 소설

초판 1쇄 찍은 날 | 2017년 10월 24일
초판 1쇄 펴낸 날 | 2017년 10월 31일

지은이 | 반자개
펴낸이 | 예경원

기획 | 위시북스
편집책임 | 이규재
편집 | 이즈플러스

펴낸곳 | 예원북스
등록번호 | 제396-2012-000132호
등록일자 | 2012. 7. 25
KFN | 제1-170호

주소 | 경기도 고양시 일산동구 호수로 646-24 위너스21 II 빌딩 206A호 (우)10401
전화 | 031-819-9431 팩스 | 031-817-9432
E-mail | yewonbooks@naver.com

ISBN 979-11-6098-588-7 04810
979-11-5845-549-1 (set)

※ 이 도서의 국립중앙도서관 출판시도서목록(CIP)은 서지정보유통지원시스템 홈페이지(http://seoji.nl.go.kr)와 국가자료공동목록시스템(http://www.nl.go.kr/kolisnet)에서 이용하실 수 있습니다.

반자개 장편 소설

WISHBOOKS MODERN FANTASY STORY

건축의 신

17

Wish Books

CONTENTS

건축의 신

107장
브리핑

한 교수가 용건을 꺼냈다.

"내일 왕 회장께서 방문하신다면서?"

한 교수의 물음에 성훈이 빙긋 웃으며 물었다.

"그건 또 어떻게 아셨어요?"

"모를 수가 있냐? 회장 맞이한다고 온 사무실이 도떼기시장 같은데?"

"네. 사장단이랑 같이 방문하실 예정입니다."

"갑자기 왜? 왕 회장이 여기에 온 적이 한 번도 없지 않았냐?"

왕 회장이 성훈에게 관심이 많다는 건, 아는 사람은 다 아는 사실이었다.

하지만 그런 것치고는 KT에 방문한 적이 한 번도 없었다. 사장실에는 많이 들렀음에도 말이다.

그만큼 이번 방문은 이례적인 일이었다.
KT팀원들로서는 처음으로 기업 총수를 만나는 것이었다.
“다른 계열사 사장들 때문이겠죠.”
“흣. 그 어른이 아들들 눈치를 본다고? 말이 되는 소리를…….”
한 교수는 코웃음 쳤다.
왕 회장을 아는 사람이라면 같은 반응이리라.
“그리고 제 부탁도 있었고요.”
“무슨?”
“처음 KT팀을 만들고 나서일 거예요. 회장님이 관심을 두시면, 계열사 사장들과 원하지 않는 기 싸움을 하게 된다고 말이죠.”
“그 소문 때문에?”
한 교수라고 그 소문을 모를 리가 있나?
왕 회장의 숨겨진 사생아라는 소문 말이다.
출처를 알 수 없는 뜬소문이었지만, 이미 퍼져 버린 루머는 막을 방법이 없었다.
“네. 그 소문요.”
“부인하지 그랬냐?”
“부인하면요?”
“DNA 검사라도…….”
성훈이 피식 웃었다.
그렇게 한다고 쉽사리 가라앉을 소문인가?
음모론자들은 그 또한 조작이라고 할 게 분명한데.

"다 쓸데없어요. 그냥 놔두면 돼요. 저한테 직접 피해가 오는 건 없으니까."

성훈의 부정이 있다고 해도, 결과는 마찬가지였을 것이다.

루머라는 게 그런 것 아니던가?

회장이 호통친다고 해서 달라질 것도 없었고.

서로의 얼굴에 먹칠만 할 뿐이다.

근거라고는 일절 없는 뜬 소문이었던 것이 성훈의 승승장구와 함께, 이제는 실체를 가진 소문이 되어, 그룹 내부를 떠다니고 있었다.

"말 만들기 좋아하는 자들은 더 신나서 떠들어 댈 테니까요. 음모다. 조작이다. 하면서요."

정작 성훈은 그 소문에 신경 쓰지 않았지만, 의외로 그 소문을 신뢰하는 사람은 많았다.

어떻게 회장의 비호 없이, 회사 내에 자기 팀을 만들 수 있느냐고 말이다.

그걸 아는 한 교수가 혀를 찼다.

"쯧쯧. 어쩌다가 그런 소문이 나서……."

지금의 KT팀을 만든 성훈의 노력보다는, 회장의 후원 때문에 가능했다고 폄하 당하는 것이 안타까웠기 때문이다.

그 말에 성훈은 속으로 어깨를 으쓱했다.

처음 소문이 났을 때, 은근히 긍정도 부정도 하지 않은 자신이 생각나서였다.

하지만 후회는 하지 않았다.

'그게 있었기에, 쉽게 자리 잡을 수 있었죠.'

곽 이사나 현재건설 내부의 이사들이 성훈의 힘이 되어주었기에 가능했던 일이었다.

물론 그 이후의 약진은 순전히 성훈의 노력이었지만!

성훈이 손을 휘휘 저으며 단호하게 말했다.

"하지만 우리 팀에서는 그 소문 믿는 사람 아무도 없습니다."

"큥! 당연하지. 널 한 번이라도 제대로 겪어봤다면……. 당연히 그런 소리 못 하지!"

"하지만 처음에는 사장들이 많이 경계했었거든요. 뭐. 그런 분위기가 팽배했었죠. 그런 분위기에 휩쓸리는 사람들 많이 있잖아요."

그간의 고생을 짐작한다는 듯, 씁쓸한 미소를 지으며 한 교수가 고개를 주억거렸다.

"흠…… 그래서 왕 회장께서 일부러 여기로 발길을 안 하신 거로구만."

"그렇죠."

"우리는 그것도 모르고, 왕 회장에게 경원시 받는다고 걱정을 했구만."

여기서 우리란, 대목장 이하 학교에 있는 성훈의 관계자들을 의미하는 것이리라.

"죄송합니다. 말씀드렸어야 하는데……."

"지나간 일이니 뭐."

입맛을 다시던 한 교수가 말을 이었다.

"그런데 이번에는 왜 방문하시는 거냐?"

"걱정돼서겠죠. 이번은 좀 다르잖아요."

한 교수는 피식 웃으며 말했다.

"시공이 아니라, 설계라서?"

"그렇겠죠. 이쪽으로 보여드린 게 없으니까."

스타 타워를 함께 설계한 경험이 있는 그로서는 성훈이 얼마나 꼼꼼하게 설계하는지 알고 있었지만, 회장이 보기에는 다를 수도 있지 않겠는가?

한 교수가 웃으며 말했다.

"보여드려. 안심하실 수 있도록."

성훈이 말을 이었다.

"네. 그것도 있겠지만, 요즘 제가 너무 잘나갔잖아요. 그러니까."

"의욕이 넘쳐서 무리를 할 수도 있다?"

성훈은 말없이 고개를 끄덕였다.

"허허허. 그걸 방지하려고 이 인원들을 다 불러모은 건데. 흐흐."

"그래 봤자. 고만고만한 피라미들이잖아요. 배가 산으로 갈 수도 있고. 그분이 보기에는……."

"그렇게 보이려나?"

한 교수의 생각은 전혀 달랐다.

사공이 많으면 배가 산으로 간다지만, 성훈이 키를 꽉 쥐고 있으니 그럴 위험은 없어 보였다.

그러고는 쓴웃음을 지으며 말을 이었다.
“하긴 세계를 상대로 하는 승부에, 전문가를 모두 불러모아도 모자랄지도 모르지.”
“응원하고 싶어 하시는 것 같아서 오시라고 했습니다.”
자신도 그런데, 회장이라고 별다르랴?
한 교수가 고개를 끄덕이며 물었다.
“그런데 사장단들은 왜 오는 거냐? 상관도 없잖니?”
성훈이 대수롭지 않게 답했다.
“제가 데려오라고 했어요.”
“하하. 벌써 사장들을 부릴 만큼 큰 거냐?”
“에이. 무슨 소리세요. 부탁드릴 일도 있고 하니까 부르는 거죠. 설계 소개도 할 겸.”
부탁이라는 말에 한 교수가 물었다.
“사장들에게? 무슨 부탁?”
“계열사에 심어뒀던 애들만으로 충분할 거로 생각했는데, 제가 생각이 짧았더라고요.”
“어떤 것 말이냐?”
“자재 때문에요.”
“자재?”
“신소재를 좀 도입하려고 합니다.”
한 교수가 미간을 좁히며 물었다.
“신소재를 쓰려고?”
“네. 화학 쪽이랑 철강 쪽에서 개발 중인 소재들을 유용하게 사용할 수 있을 것 같습니다.”

성훈을 직시하며 입을 오므렸다.
"오호!"
"애들이랑 얘기하는데, 신소재 이야기가 나오더라고요."
"오호! 신소재라……."
흥미로운 이야기에 맞장구치던 한 교수가, 속셈을 알겠다는 듯 씨익 웃었다.
"그걸로 거장들과의 승부에 우위를 점하시겠다?"
"적어도 설계에서 오는 경험 차이를 좁힐 수는 있겠죠. 아주 조금."
성훈의 대꾸에 한 교수가 빙글거리며 놀렸다.
"몸 사리는 거냐? 엉?"
"오롯이 실력만으로 덤비기에는 제가 너무 딸리죠. 새로운 기술의 도움도 좀 받아야 균형이 맞죠."
"설계만으로는 자신이 없으시다?"
"놀려도 소용없습니다. 베테랑을 상대로 맞짱 뜰 정도로 제가 겁 없지는 않습니다."

자신이 없느냐고 놀리기는 했지만, 오히려 실력 차를 인정하는 성훈이 한 교수는 마음에 들었다.
'이미 느끼고 있다면, 부족한 부분을 보완하기 위해 최선을 다하겠지.'
흐뭇하게 웃으며, 한 교수가 물었다.
"그래서? 계열사의 지원을 좀 받겠다?"
"네. 개발 완료 단계에 있는 소재가 있다고 하더라고요."

"어떤 거냐?"

호기심이 동한 듯, 그가 얼굴을 바짝 앞으로 당겼다.

"강철 합금인데, 성공하면 강철의 3배 정도의 강도를 가질 수 있답니다."

"오호! 그래?"

"가격은 좀 되지만, 그래도 절약할 수 있는 철근의 양을 생각하면 나쁘다고 할 수 없죠."

"흠…… 그럼……."

"게다가 건물을 가볍게 만들 수 있죠. 그건 제 설계에 있어서도 큰 장점입니다."

성훈이 계획하는 바를 어느 정도 알고 있는 한 교수가 고개를 끄덕였다.

"그렇지. 암! 중량을 줄일 수만 있다면 설계의 범위가 훨씬 넓어지지."

"이번 기회에 계열사들과도 연을 좀 맺어두는 것도 나쁘지 않고요."

"그 회사들의 장비와 소재들도 이용하고?"

"누이 좋고 매부 좋은 거죠. 제가 도움될 것도 좀 있거든요."

성훈의 말에 한 교수가 의아한 얼굴로 물었다.

"네가 그 회사에 도움될 게 뭐 있다고?"

"신소재 관련해서 정보를 줄 수도 있고……."

한 교수가 피식 웃으며 말했다.

"아서라! 아는 거라고는 건축밖에 없는 놈이. 흐흐흐."

이게 일반적인 반응이건만, 성훈은 툴툴대며 대꾸했다.

"왜 제가 건축밖에 모른다고 생각하십니까?"

성훈으로서는 억울할 만도 했다.

미래에 관련된 지식을 가급적 활용하지 않고 지금까지 달려왔다.

활용하기 싫어서가 아니라, 역사의 변화에 관여하고 싶지 않았다는 표현이 옳겠다.

'앞으로도 그럴 생각이었지만, 지금은 승부를 걸어야 할 타이밍이라고. 그리고 약간의 힌트를 주는 정도는 괜찮겠지.'

어차피 현재는 변했다.

'내 존재 자체가 원인인데 뭐.'

적어도 십 년 뒤까지는 어떤 소재들이 나오는지 대략 알고 있었다.

그 자신이 전문가가 아니라 스스로 만들 수는 없지만, 적어도 그들에게 힌트를 줄 수는 있으리라.

허나 그 속을 한 교수가 어찌 알 수 있을까?

터무니없다는 듯, 코웃음 치며 말을 이었다.

"야! 네 녀석은 지금만 해도 충분히 괴물이야."

성훈이 말없이 미간을 좁히자, 그는 말을 이었다.

흐뭇한 표정으로 말이다.

"난 지금도 신이 충분히 불공평하다고 생각하거든. 너한테 재능이라는 걸 몰빵한 것 같단 말이야."

"그런데요?"

"그런데! 다른 분야에도 재능이 또 있다고?"

고개를 절레절레 저으며 말을 이었다.

"난 도저히 믿을 수가 없거든!"

성훈이 뾰로통하게 대꾸했다.

"만약에 있으면요?"

도전적인 성훈의 말에, 한 교수는 어깨를 으쓱했다.

"어쩌겠냐? 그때는 신을 원망하는 수밖에!"

"두고 보세요! 어떤 결과가 나오는지."

성훈의 호언장담에 한 교수는 피식 웃다가, 표정을 바꾸더니, 진지하게 물었다.

"흠…… 그래도 필요한 사람만 부르는 게 낫지 않았을까?"

"왜요?"

되묻는 성훈에게 그는 찜찜한 얼굴로 말했다.

"너, 해외로만 나돌아서 국내 사정을 너무 모르는 거 아니냐?"

"네? 무슨 말씀이세요?"

"이번에 애들 불러모은 거 때문에 말 많았던 거 알고 있지?"

성훈이 고개를 끄덕였다.

건설 사장도 말하지 않았던가? 계열사 사장들에게 투덜거려서 사정사정했다고. 물론 그 이면에는 계열사 간의 힘겨룸이 있었겠지만 말이다.

"게다가 왕 회장도 경영권을 많이 넘겼다고."

"네? 벌써요?"

이전 삶에서의 왕 회장은 마지막까지 경영권을 놓지 않았었다.

하지만 지금은 상황이 변해 있었다.

'이거, 너무 방심했는데…….'

성훈의 놀람에도 한 교수는 담담하게 말했다.

"그래. 슬슬 다음 세대를 준비하시는 거지."

"그야 그렇습니다만."

그들의 반발에 대비해서 왕 회장과 같이 부른 것이었다. 적어도 회장 앞에서 경거망동하기는 어려울 것이라는 판단 하에.

그런데 회장의 응원이 먹히지 않는다면?

"그런 상황에서 과연……."

한 교수는 성훈의 일에 초를 치는 것 같아 말끝을 흐렸지만, 그의 염려는 충분히 설득력이 있었다.

"곽 부사장도 그 비슷한 말을 했었지만, 그 정도인 줄은 몰랐네요."

"물론 경영권 승계에서 건설 사장의 비중이 가장 크다고는 하지만, 지금은……."

한 손으로 열 명을 감당하기는 어려울 것이다.

"사람이 많은 게 반드시 득은 아닐 수도 있다. 그 말씀이시죠?"

"그렇지."

염려하는 그를 보며 성훈은 슬그머니 입꼬리를 올렸다.

"꼭 나쁘게만 보실 필요는 없을 것 같은데요?"

"응? 넌 걱정도 안 되냐?"

"제 설계에서 이득을 볼 사람도 있을 테니까요."

건축은 종합예술.

망라하지 않는 분야가 없다.

"흐흐. 네 편이 될 수도 있다?"

"그렇죠. 이득을 얻을 수 있다고 판단하는 사람은 반대하는 자들을 설득하겠죠."

미처 이런 경우는 생각을 못 했던지, 한 교수가 비릿하게 웃었다.

"생각하기에 따라서는…… 흐흐흐."

"어쨌든 미루기는 늦었으니, 계획대로 가야죠."

한 교수가 쓴웃음을 지었다.

"그러게 말이다. 네 말대로 될 가능성도 크니."

사람은 단순하다.

욕망이 때로는 감정을 앞지르지 않던가?

"어쨌든 대비는 단단히 해야겠네요. 예상치 못한 뒤통수를 맞을 수도 있으니."

눈을 빛내며 결의를 다지는 성훈에게 물었다.

"뜻대로 안 되면, 달랠 거냐?"

성훈은 입술을 비틀며, 묘한 웃음을 지었다.

"글쎄요. 내일이 되어 봐야 알겠는데요."

한 교수가 자리에서 일어섰다.

"알아서 잘하겠지. 너무 심하게 몰아붙이지만 마라."

성훈이 그를 배웅하려 일어섰다.

"걱정하지 마십시오. 그들 때문에 제 일이 어그러지는 일은 절대로 없을 테니까요."

"준비는 다 됐냐? 지금 들어오셨다는데."

한 교수의 물음에 성훈이 자료들을 점검하며, 고개를 끄덕였다.

"네, 끝났습니다."

"너무 걱정하지 마라. 회장님도 계시니까."

염려의 말에 성훈이 입꼬리를 올렸다.

"걱정 안 합니다. 안 되면 다른 방법 찾으면 되죠. 굳이 꼭 현재 계열사의 도움을 받아야 할 이유도 없습니다."

예상했던 반응이 나오지 않을 수도 있으니 긴장할 수도 있다고 염려했었는데, 성훈은 의외로 대범한 모습을 보이고 있었다.

그렇다고 마냥 좋은 웃음이 나오기는 어려우리라.

허나 걱정했던 게 무안할 정도로 대수롭지 않은 듯한 성훈의 대꾸에 피식 웃음이 나왔다.

'이미 다른 대안이 나온 거겠지.'

"그래. 사장들도 함부로 경거망동하지는 않을 거다."

한 교수가 성훈의 어깨를 다독이며 말을 이었다.

"정 거슬리면, 회장님이랑 건설 사장 보면서 해."

그의 염려에 성훈은 씨익 웃으며 답했다.

"알겠습니다, 교수님."

말이 끝나기가 무섭게, 익숙한 얼굴들이 브리핑실로 들어서는 것이 보였다.

건설 사장이 회장과 사장단을 안내하며 자리로 인도하고 있었다.

불퉁한 얼굴들로 보아, 회장에게 끌려온 것이 분명했다. 코뚜레 꿰인 소처럼.

안내받은 맨 앞 책상에서 철제 의자를 당겨 앉으며, 투덜거리는 소리가 들려왔다.

"공사판 인부들 불렀어? 의자가 이게 뭐야?"

유치한 투덜거림에 중공업 사장이 그를 타박했다.

"막내! 대접받으러 왔냐? 어린애도 아니고!"

"아버지도 계시는데. 이건……."

이어지는 불평에 중공업 사장이 인상을 쓰며 끓는 소리를 냈다.

"어허! 아버지 들으시겠다. 간만에 기분 좋으신데, 분위기 망치지 마라."

그러고는 말을 이었다.

"이사들도 있는데, 흰소리하지 말고. 일 이야기만 하라고! 알았어?"

"그래도 형님. 우리가 KT 꼬붕도 아니고. 너무 눈치……."

"쓰읍! 그만하래도."

성훈이 방문자들에게 인사말을 건넸다.

"바쁘신 와중에 시간 내주셔서 감사합니다."

접었던 허리를 펴고 곧바로 스크린을 켰다.

"바로 시작하겠습니다. 먼저 스크린에 집중해 주십시오."

회장이 도면을 뒤적거리자, 성훈이 말했다.

"브리핑 후, 설명이 미흡하다고 판단되실 때, 책상 위 도면을 참고하시면 좋으실 것 같습니다.”

회장이 머쓱한 표정으로 도면을 놓았고, 사람들의 시선이 스크린으로 향했다.

사장이 성훈에게 비장한 눈빛을 보냈다.

‘어련히 알아서 하리라 믿네만, 그래도 실수가 있어서는 안 되네.’

그의 당부를 듣기라도 했을까? 성훈이 슬쩍 눈웃음쳤다.

그리고 조명이 꺼졌다.

거대한 홀.

천장에 달린 거대한 샹들리에.

그리고 앞쪽에 미려한 색감의 대리석 벽이 건설 사장의 눈에 들어왔다.

‘뭐지?’

내부 인테리어부터 보여 줄 생각인가?

‘쩝, 고급스럽긴 하지만 뭐, 이걸로는…… 엇?’

짧은 감상을 떠올리는 사이, 카메라는 스르륵 뒤로 미끄러지고 있었다.

유리문이 소리 없이 닫혔다.

‘아! 일 층 로비였구나.’

잠시 눈을 스친 그것은 안내 데스크였던 모양.

이내 매끄럽게 왁싱된 바닥의 화강석이 눈에 들어왔다.

'현관이로군.'

잠시의 덜컹거림.

'단이 있는 건가?'

생각도 잠시, 아스팔트로 포장된 도로가 눈앞으로 끊임없이 생겨났다.

'이제 건물 모습을 보여 줄 생각인가?'

한참이나 뒤로 물러났는데도, 아직 건물의 좌우 양쪽 끝은 보이지 않았다.

'대체 얼마나 큰 거야?'

변화라고는, 현관문이 점점 작아지는 것과 유리 격자 수가 급격히 늘어난다는 것뿐.

뒤로 빨려 들어가는 느낌이 이럴까?

'뭐야. 등 뒤에 블랙홀이라도 있는 거야?'

으스스 밀려드는 멀미에 피식 웃음이 나왔다.

'멀미가 날 리가 없잖아.'

그리고 의문.

'아직도 안 보이네.'

여전히 눈앞을 장악하는 것은 셀 수 없는 유리의 행렬.

일 층이 이 정도 너비라면?

'도대체 몇 층이야?'

그 속내를 알아채기라도 했을까?

렌즈가 서서히 위로 향했다.

시작은 느긋했지만 이내 시간이 없다는 걸 깨달은 걸까?

방향 전환에 가속도를 붙였다.

'허허. 이것 참! 또 유리!'
유리! 유리! 유리!
끝없이 반복되는 유리의 나열.
'목 꺾이겠다. 담 오는 거 아니야? 엇!'
인식하지 못하는 사이, 유리판 위로 투명한 하늘이 반사되어 비친다.
'훗, 한 폭의 수채화 같네!'
하지만 사막의 열기 때문일까?
쪽빛 하늘에 새겨진 양털은 신기루처럼 일렁거렸다.
'오!'
실제로 올려다보기라도 한 듯, 사장은 저도 모르고 목덜미를 주물렀다.

계속될 것 같았던 반전의 하늘은 첨예한 유리의 끝에서 실제 모습을 드러냈다.
'이제 끝난 건가? 엇!'
수면 위를 가르듯 뒤로 미끄러지던 몸이 둥실 떠올랐다.
작은 떨림은 사라지고 바람이 지나는 소리가 고막을 스친다.
'훗. 이륙인가?'
이제 목을 꺾지 않아도 전경이 보일 터.
사장은 작게 한숨을 내쉬었다.
'이번에는 모래냐?'
사이트를 제외한 것은 모두 모래로 설정하기로 작정한 듯.
덕분에 성훈이 만든 세상의 모습이 더 또렷하게 보였다.

'와! 크네.'

이 건물의 웅장한 위용을 표현하기에, 이보다 더 적절한 말이 있을까?

'그리고 늘씬하네.'

한마디 더 있었군.

어느 정도 날았을까?

사이트가 스크린을 가득 채우고 뒤편으로 바다가 모습을 드러낼 무렵, 카메라는 부드럽게 선회하며 건물의 측면을 비추기 시작했다.

'어! 저 레일은 뭐지?'

아까는 유리에 압도되어 미처 발견하지 못했지만. 정면에서도 저게 얼핏 보였던 것 같았다.

사장이 미간을 모았다.

'엘리베이터?'

하지만 덩그러니 레일만 보이니, 정확히 그게 무얼 의미하는지 알 수 없었다. 게다가 엘리베이터를 굳이 외부에 설치할 이유도 없지 않은가?

생각은 잠시, 사장은 다시 전체적인 모습에 신경을 기울였다.

'흠. 삼각별 평면?'

평면은 단순한 삼각별이지만, 비스듬히 하늘로 향하는 벽선 때문인지, 회오리치는 뿔의 느낌!

게다가 중간중간 평면이 좁아지는 것이, 어찌 보면 일렁거리는 불길 같았다.

'흠. 저녁때 보면 장관이겠군!'

저 유리들이 붉은 석양을 만나면 어떤 모습일까?

'응? 저건 뭐지?'

묘한 이질감에 사장은 눈매를 좁혔다.

'틈새인가?'

유리가 이어지는 부분, 일정한 간격으로 틈이 벌어진 것이 보였다.

목을 앞으로 쭉 빼며, 그 부분에 초점을 맞췄다.

'허! 정말인걸? 이런 실수를 하다니?'

하지만 이내 고개를 저었다.

'다른 사람도 아니고 저 녀석이 실수를?'

도저히 믿어지지 않았다.

사람이니 실수할 수 있는 것 아니냐고?

사장의 얼굴에 비릿한 조소가 지어졌다.

'이런 어쭙잖은 실수를 하는 녀석이었다면, 지금까지 KT가 이토록 승승장구할 수가 없었지.'

성훈은 단 한 번의 실패도 없이, 일직선으로 정상을 차지했다. 그것도 단 3년 만에.

그리고 사장들을 불러 모은, 이런 중요한 자리에서 실수 따위를 할 녀석이 아니지. 절대!

'그리고 신소재는 어디에 쓰려고?'

저번 통화에서 성훈은 신소재를 언급했었다.

'이 현장 어딘가에 그걸 적용할 거라는 건데? 어디냐? 그게?'

곁눈질로 살핀 형제들은 말없이 화면에 몰입하는 중이었다.

투덜거리면서도 군말 없이 회장의 호출에 응한 형제들.

'아버지가 두려워서?'

이미 경영권 승계는 마무리된 거나 마찬가지. 회장도 이제 계열사의 경영에 간섭하지 않겠다는 의중을 내비쳤고.

'지금 아버지가 계신다고 해도 큰 도움은 줄 수 없다는 거지.'

그렇다면 존장에 대한 예우?

얼토당토않은 소리!

자신 또한 마찬가지가 아니던가?

회사의 미래를 위해서는 싸워야 한다. 그게 설령 아버지라 할지라도, 같은 편이 아니면 이빨을 세워야 했다.

투쟁 없이 지킬 수 있는 건 없으니까.

'그런 형제들이 군소리 없이 따른다는 건, 여기에 돈 냄새가 난다는 거지.'

사장이 입술을 삐죽거렸다.

'하지만 저렇게 무난하게 콘크리트의 누적으로 이뤄지는 공사에서 신소재를 사용한다고? 왜?'

물론 공기를 좀 단축할 수 있고, 자재를 좀 더 절약할 수는 있을 것이다.

하지만 그것뿐. 반드시 필요해 보이지는 않았다.

사장의 이런 생각은 당연할지도 모른다.

'왜냐고?'

KT팀이 인정을 받는 것 중의 하나는 공사 기간이 어느 건설사보다 빠르다는 거지.

공사를 급하게 해서?

인부들 손이 번개처럼 빨라서?

'흐흐. 그건 모르는 사람들의 편견이지. 결과적으로 그리 보이는 것뿐.'

KT팀의 현장에서 작업자들이 뛰어다니는 모습을 보는 것은 거의 불가능하다.

'하지만 꼼꼼하지. 미련할 정도로.'

대신 한 번 손댄 곳은 두 번 다시 돌아보지 않는다.

진정한 KT팀의 힘은 숙련공의 손에서 비롯되는 꼼꼼함이었다.

두 번 작업하는 일이 없으니, 이는 당연히 공기의 단축이라는 결과로 이어진다.

'이미 공기 단축에서는 건드릴 게 없다고. 저 팀은.'

누구보다도 그 사실을 잘 아는 성훈이 공기 단축을 위해서 신소재를 요청한다고?

그걸 사용해서 얻는 이익이 단지 며칠의 단축이라면?

그걸 위해서 거래를 청할 녀석이 아니다.

'거래란 등가의 가치를 교환하는 행위지.'

신소재를 제공하는 측이 얻는 이득은 명확하다.

자사 제품을 사용함으로써 공사의 효율을 올렸다고 하면, 납품만으로도 충분한 홍보가 된다.

그게 이슈가 되는 건물이라면 그 광고효과는?

그 건축물에 사용되었다는 것만으로도 이미 세상은 그 존재를 알게 되며, 품질의 검증은 이미 끝난 것이나 진배없으니까.

하지만?

'녀석이 얻는 것이 뭐지?'

그가 아는 성훈은 일방적으로 요구하지도 않지만, 반대로 거저 주는 놈은 더더욱 아니었다.

거래가 뭔지 아는 녀석!

성훈의 목적하는 바가 정확히 무엇인지는 알 수 없었지만, 이 브리핑 안에 있을 터였다.

카메라의 공중 선회가 반쯤 진행되고 있었다.

'흠. 그나저나 너무 무난한데…….'

독특하고 멋있다는 것은 인정하지만, 디자인은 디자인일 뿐이다. 일시적으로 사장들의 시선을 휘어잡는 것에는 성공했을지 몰라도, 이게 끝이라면 협상은 실패다.

'좀 더 특별한 게 필요해.'

그들이 흥미가 동할 만한 그 무언가!

아까 만났을 때도 확인했지만, 결코 호의적이지는 않았다.

흠이라도 잡지 않으면, 그것만으로도 다행일 터.

'어울리는 준비를 했으리라 생각했는데.'

사장들의 투덜거림이 쏙 들어갈 정도의 준비.

두리번거리는 그에게 미동도 없이 스크린에 집중하는 회

장의 옆모습이 보였다.

'무난하다 라……. 내가 잘못 판단한 걸 수도.'

그럼 다른 사장들의 반응은 어떨까?

중공업 사장도 자신과 같은 예감이 들었던 걸까?

건설 사장과 눈을 맞춘 그는 미적지근한 표정에 떠오른 씁쓰름한 미소로 자기 생각을 표현하고 있었다.

'되겠어? 이 정도로?'

건설 사장은 순간 당황했지만, 태연함을 가장하며 눈썹을 으쓱했다.

'설마요? 더 있을 겁니다, 형님. 좀 더 지켜보시죠?'

머쓱한 웃음을 지어주고는, 다시 스크린으로 눈을 돌리는 사장의 얼굴이 살짝 굳었다.

'이게 끝이어서는 안 돼.'

그나마 호의적인 형이 저런 반응이라면, 다른 형제들의 반응은 불을 보듯 뻔한 것이었다.

어느새 한 바퀴를 돌아, 사이트 전체를 조망하던 카메라가 서서히 느려지고 있었다.

'벌써 엔딩인가?'

긴장이 풀린 듯, 곳곳에서 아쉬움의 한숨이 터져 나왔다.

갈증이 나는 듯, 회장은 음료수 쪽으로 손을 더듬거렸다.

화면에서 눈도 떼지 않고 말이다.

건설 사장이 재빨리 회장의 손에 잔을 건넸다.

'첫 방문이라 기대가 크셨을 텐데…….'

눈만 어지럽힌 것 같아 죄송한 표정으로 말을 걸었다.
"아버지, 저……."
회장이 귀찮은 듯 대꾸했다.
"와?"
한참 재밌게 영화 보는데 왜 훼방 놓느냐는 투!
"이제 끝났……."
회장이 코웃음 쳤다.
"이기 끝이라꼬? 택도 아인 소리하고 앉았네."
"하지만……."
"니는 대학꺼정 나온 놈이! 영화 끝나믄 화면 컴컴해지는 것도 모리나?"
회장의 입버릇이었다.
'대학꺼정 나온 놈이.'
허나 꼭 끝을 봐야 끝인 줄 아는가?
보지 않고도 알 수 있는 것이 있다.
사장이 무안하게 웃으며 대꾸했다.
"허허. 참 아부지도…… 대학 나온 거랑 그게……."
하지만 그의 말은 이어지지 못했다.
회장이 회심의 미소를 지으며, 스크린으로 삿대질했다.
"저 보래이! 저 보라카이!"
영문 모를 그의 행동에 사장도 서둘러 화면으로 눈을 돌렸다.
–위잉.
'무슨 소리야?'

"인자 시작인기라. 저거 보래이."

회장은 연신 흥겨운 소리를 질러댔고, 스크린을 본 사장은 눈을 부릅떴다.

아까부터 눈에 거슬렸던 틈새가 점점 벌어지고 있었다.

'뭐, 뭐 하자는 거냐? 왜 자꾸 벌어져?'

–철컥!

틈새의 확장이 멈췄다.

용건이 끝난 듯, 카메라는 천천히 지상으로 시선을 돌린다.

–부릉! 부릉!

'웬 굉음이?'

어안이 벙벙한 사장의 귀에 노인 특유의 쉿소리가 들려왔다.

"니는 몇 년이나 같이 있었으믄서, 성훈이 절마를 그리 모리나. 에잉!"

–부릉. 부릉.

그 소리는 카메라의 하강에 따라, 점점 커졌다.

'캐터필러!'

광산에서나 쓰이는, 그 몬스터 트럭이 점점 확대되어 눈을 채웠다.

최대 적재량 363ton!

그야말로 괴물이 아닐 수 없다.

하지만 개조를 한 듯, 트럭에는 적재함 대신 평평한 철판이 햇빛을 반사하고 있었다.

타이어 하나가 웬만한 승용차 크기는 넘을 듯!

'어디서 나온 거야?'

무시무시하게 거대한 트럭들이 아스팔트를 따라 일사불란하게 움직였다. 줄지어 달리는 방향으로 보아 목적지는 사장이 의아해했던 레일의 아래쪽이 분명해 보였다. 건물에 가려 보이지는 않지만, 뒤편에서도 이것과 똑같은 일이 일어나고 있으리라.

치뜬 사장의 눈꺼풀이 한계까지 올라갔다.

'저걸 나르겠다는 거냐? 집을!'

"이, 이게 뭔 일이냐?"

사람이란 다 거기서 거기인 모양인 듯.

입 달린 자는 다들 한마디씩 하는지, 웅웅대는 벌떼의 파장으로 회의장이 울렁거렸다.

그때 성훈의 브리핑이 시작되었다.

"압둘 왕세자는 쿠웨이트가 대표할 수 있는 게 없다고 투덜대더군요."

어쩔 수 없었겠지.

역사가 짧으니 전통이랄 게 없고, 쿠웨이트가 있던 땅 자체가 역사적으로 볼 때, 아무 쓸모없는 불모지였다.

사람이 살지 못하는, 버려진 땅.

청중을 아우르며 성훈이 말을 이었다.

"그래서 그에게 전 세계에서 하나뿐인 건물을 만들어줄 프로젝트를 기획했습니다."

하지만 성훈의 말이 귀로 들어갈 리 있나?

저마다 옆 사람과 얘기하기에 바빴다.

귀는 옆 사람 이야기를 듣고 있었고, 설명은 보는 것만으로 충분했으니까.

회장의 감탄 어린 음성이 들렸다.

"오호! 40층 이하로는 기반시설인갑다? 저거는 안 움직이는 걸 보니까."

미처 이런 상황을 예상하지 못했던 사장이 떨떠름한 표정으로 답했다.

"그렇지요. 필요한 시설들이 많을 테니까. 병원, 수영장, 헬스장, 상점……."

어느새 회장은 스크린으로 집중하고 있었다.

사장은 성훈을 힐끔거리며 쓴웃음을 지었다.

'미리 귀띔이라도 줄 것이지. 녀석!'

회장이 미간을 모으며 눈에 힘을 줬다.

"저거. 다 옮길 생각인갑네?"

그의 말처럼 각 객실 간의 틈이 다 벌어지자, 집들이 줄줄이 레일 쪽으로 이동하기 시작했다.

-크르릉. 칙!

화면이 흔들리는 느낌!

가로로 이동하던 집들이 일제히 레일에 올라타는 소리였다.

-우우웅!

세로로 선 기차가 저런 모습일까?

천천히 객실 간의 차이를 벌리더니, 일정한 간격으로 늘어섰다.

-위잉!

질서정연하게 아래로 내려가는 모습이 보였다.

회장이 건설 사장에게 툭 말을 던졌다.

"그란데 저거 참말로 가능한 기가?"

목을 축이다가 날아온 불시의 물음에, 사장이 버벅거렸다.

"켁켁. 가능하지 않겠습니까? 저 녀석이 터무니없는 짓을 저지를 놈도 아니고."

다시 한 번 성훈에게 눈총을 보냈다.

뭘 알아야 대답을 하든지 말든지 할 것 아닌가?

당장으로서는 기안자인 성훈을 믿는 것밖에, 다른 수가 없었다.

수직 이동을 끝낸 객실이 대기하던 거대 트럭의 등에 몸을 실었다.

-철컥! 철컥!

객실을 고정하던 걸쇠가 풀리는 소리!

그 중량을 버텨내려는 듯, 트럭의 육중한 타이어는 살짝 볼을 부풀렸다.

-부릉! 부릉!

마후라가 터지기라도 한 것일까?

트럭은 거친 굉음을 토해내며, 레일로부터 인계받은 육중한 손님을 나르기 시작한다.

"형님. 저거 이사 가는 모양새 아닙니까?"

스크린을 가만히 보던 막내, 철강 사장이 옆의 형에게 말을 건넸다.

"뭐? 이사? 집을 통째로?"

어이없다는 중공업 사장의 대꾸에 그는 자신의 추측을 덧붙였다.

"그렇잖습니까? 멀쩡한 집을 가져가는 게……. 이해는 안 되지만, 집도 짐이라고 생각하면……."

"흠……."

"그리 보면, 이사 말고 다른 이유가 있습니까?"

보통 이사라고 말할 때는 집을 옮기는 게 아니라, 짐을 옮기는 것이다.

그의 말대로 집을 옮긴다고 이사가 아닐 이유는 없지 않나?

'저기 사는……. 돈이 썩어나는 미친놈들이라면?'

여기까지 생각이 미치자, 중공업 사장은 허허로운 웃음을 터뜨렸다.

"이사라……. 스케일로 치면 세계 최고다. 집을 통째로 가져가다니……."

허나 그 이전의 의문.

"그런데…… 저걸 뭐로 옮기려는 걸까요?"

"글쎄…… 나라고 알겠느냐?"

무조건 뗀다고 끝나나?

목적지에 도착해야 이사가 완료되는 거지.

어찌어찌 객실의 분리 목적은 이사라고 결정지었지만, 그 물음에 대답해 줄 이는 아무도 없었다.

그저 얼빠진 표정으로 상대를 보기만 할 뿐.

철강 사장이 트럭에 실린 집을 보며 눈을 빛냈다.

"저거 무게가 얼마나 나갈까요?"

"흐흐흐. 난들 알겠냐?"

중공업 사장은 별 관심 없는 듯했다.

하지만 철강 사장은 뭔가를 가늠하는 듯, 눈매를 좁히다 중얼거렸다.

"저거 철이 못해도 50톤은 들어갔을 것 같은데……."

그러고는 물었다.

"형님. 저거 옮기려면, 컨테이너선 아니면 어렵겠죠?"

중공업 사장이 조선소를 운영하니, 그에게 묻는 것이리라.

아랫입술을 툭 내밀더니 그가 말했다.

"쩝. 한꺼번에 이사 간다 치면…… 가능하겠지만. 피난 가는 것도 아니고 한 번에 가겠느냐?"

"흐음……."

"그것도 문제지만 그렇게 이사하는 게 무슨 의미가 있겠어? 사람이 먼저 가도 집이 없을 텐데. 같이 배 타고 갈 것도 아니고."

"그렇군요. 빨라도 한 달 뒤에나 도착할 텐데."

철강 사장은 슬며시 미간을 찌푸렸다.

'그런 미련한 짓을 할 리가 없는데. 녀석이…….'

그리고 스스로 결론을 내렸다.

"그럼 비행기밖에 없겠네요. 그것도 거대한 화물 수송기. 저게 들어갈 만한……."

저만한 용량과 중량을 버틸 수송기를 떠올리려 고민하는 그에게 중공업 사장이 말했다.

"수송기가 있다고 해도 문제야."

"네? 왜요?"

"공항이 있어야 할 거 아니냐? 저 부지에는 활주로를 놓을 수가 없어. 너무 짧아. 최소 2㎞는 되어야 한다고 하던데."

"항공모함을 보면 500m 될까 말까 하던데……."

"얌마! 그건 전투기일 때고. 그렇게 이륙하다가 집 다 부서질걸?"

"그럼 방법이 없는데요? 저 녀석 뭔 생각으로?"

한편 성훈은 사장들의 쑥덕거림을 보고, 피식 코웃음 쳤다.

뭐 때문에 그러는지 훤히 보이거든요!

'그 정도 생각도 안 했겠습니까? 걱정 안 하셔도 됩니다. 사장님들!'

답은 이미 준비되어 있었다.

성훈의 바람대로, 그들의 의문은 계속 이어지지 못했다.

"어엇! 형님. 저기요."

천천히 선회하던 카메라는 어느새 건물을 넘어 해안에 포커스를 맞추고 있었다.

넘실대던 파도가 뒷걸음질 친다.

기다렸다는 듯 땅이 스멀스멀 모습을 드러냈다.

그 변화에 중공업 사장은 혀를 찼다.

“허. 간척 사업을 하겠다는 거냐?”

이내 물기 없는 마른 땅에 아스팔트가 도미노처럼 촤르륵 깔려간다.

그 위로 호쾌하게 하얀 선이 그어졌다.

활주로 완성!

중공업 사장은 기가 찬다는 듯, 실소를 내뱉었다.

“허!”

“하하하! 순식간이네요.”

“그런데 막내야.”

“네. 형님.”

“저래도 되는 거냐? 부지가 정해져 있는데?”

타당성 있는 의문이었다.

팔짱을 끼며 그의 물음에 답했다.

“글쎄요. 저것도 부지 활용이 아닐까요? 바다에서 뭘 하든지 누가 뭐라 하겠습니까? 영토 확장도 겸사겸사 되는데 싫어하겠습니까?”

“그런가?”

세상에 예외 없는 규칙이 있던가?

이 부분에서 성훈도 할 말은 준비하고 있었다.

‘당신네들도 부지 확장하던지!’

거장들에게 뻔뻔스럽게 대꾸할 생각이지만.

저 멀리 창공에서 흐릿하게 보이던 비행기들이 속속들이 활주로에 안착했다.

그 모습에 철강 사장의 눈매를 좁혔다.

'정말 비행기로 옮기시겠다? 저 무게를?'

그는 슬며시 팔짱을 끼며, 의자로 몸을 기댔다.

'흠. 우리 연구를 이용하시겠다?'

중공업 사장이 물었다.

"왜 문제라도 있냐? 왜 그리 심각하냐?"

그는 눈썹을 으쓱하며 둘러댔다.

"아무것도 아닙니다."

"아닌 게 아닌데? 네가 그럴 때는……."

그 순간 철강 사장이 스크린을 가리켰다.

"엇! 저기 형님 좋아하시는 거 나오는데요?"

"어디서 얄팍한 수작을?"

그가 생각하기에, 아버지의 영악한 면을 가장 많이 닮은 녀석이 막내였다.

하지만 막내의 수작에 못 이긴 척, 고개를 돌린 그는 다음 생각을 이을 수 없었다.

막내의 말마따나, 그가 가장 좋아하는 장면이 펼쳐지고 있었기 때문에…….

'뭔가 속셈이 있기는 한데……. 엇!'

공항 간척지 우측 바다에 줄을 긋듯이 방파제가 형성되더니 항만이 만들어졌다.

그리고 줄줄이 정박하는 요트와 카고선.

저 화물선이 무엇을 의미하는지 어찌 모르랴?

이 건물에서 생산되는 제품은…….

저 배가 운반할 화물은 집밖에 없으리라.

그걸 본 중공업 사장이 눈을 번쩍거렸다.

'저 배들을 우리가 납품한다면?'

코딱지만 한 요트로는 어림도 없었다. 다른 짐도 아닌, 집을 실어야 하니까.

새 건물을 지은 압둘 왕세자가 중고 화물선을 구입할까?

'그럴 리가 없지!'

그건 확신이었다.

그리고 그의 눈에 들어온 항만의 널따란 부지.

'저 널따란 땅에 우리 회사 크레인을 설치할 수만 있다면……. 꿀꺽!'

항만 유통의 중심으로 변모할지도 모른다.

'그러면 또 화물선이 필요하지. 그리고 쿠웨이트의 바다는 전부 유전!'

머리를 어지럽히는 돈 냄새에 정신이 혼미할 지경이었다.

아쉽게도 벌써 적재가 끝난 것인지, 스크린에서는 객실을 실은 수송기가 양 날개에 불을 뿜으며 하늘을 향했고, 이내 모습을 감췄다.

그리고 활주로의 빈자리를 또 다른 수송기가 채웠다.

성훈이 마이크를 들었다.

“이 건물은 ‘꺼지지 않는 불’을 모티브로 삼았습니다.”

설계의 콘셉트를 설명하려는데, 사장들에게 그건 별로 중요해 보이지 않았던 모양!

사장 하나가 대뜸 큰 소리로 물었다.

“이봐. 팀장! 집이 왜 움직이는 거야?”

중공업 사장이 그에게 주의를 시켰다.

“어허! 아버지도 계시는데…….”

조용히 있다고 해서 회장의 권위가 사라지는 것은 아니었다.

그도 너무 흥분했다고 여겼던 듯. 헛기침하며 자신을 소개했다.

“큼큼. 내가 좀 성급했군. 현재 시멘트 사장이라네.”

성훈이 살짝 고개를 숙였다.

“그러셨군요. 처음 뵙겠습니다.”

“아까 물었던 것에 대한 답을 들려줄 수 있나?”

“집이 왜 움직이는 거냐고요?”

고개를 끄덕이는 그를 보며, 작게 한숨을 쉬었다.

‘이 사람아! 그래야 잘 팔리지!’

무엇보다도 저 정도는 되어야, 압둘을 기죽일 수 있다. 세상에 안 본 게 없는 압둘이라도, 집이 통째로 움직이는 건 못 봤을걸!

성훈이 차분하게 말을 이었다.

"그럼 제 질문에도 답해 주시겠습니까?"

"뭘 말인가?"

"집은 왜 움직이면 안 된다고 생각하십니까?"

"그, 그야……."

무슨 답을 할 것인가?

너무 당연한 의문을 말했는데, 성훈은 그게 왜 당연하냐고 되물으니 당황할 수밖에.

누가 집은 움직여서는 안 된다고 정의했나?

아무도 말하지 않았다.

다만…….

아무도 시도하지 않았을 뿐이다.

아니, 누가 저걸 옮긴다고 생각이나 해봤을까?

성훈은 옅은 미소를 지으며 물었다.

"부동산으로 분류되어서요?"

"아니…… 그건 아니네만……."

버벅거리는 그에게 성훈이 말했다.

"그럼 따로 대답할 필요는 없겠군요."

그가 머쓱하며 말을 이었다.

"한 번도 그걸 생각해 본 적이 없어서, 당연하다고 생각했었군."

머리를 긁는 그를 보며, 성훈이 어깨를 으쓱했다.

"보통은 그렇죠."

집은 부동산(不動産)이다. 움직일 수 없는 재산!

누구나 알고 있지만, 이런 경우는 고정관념이라고 불러야 마땅하지 않을까?

"정정하지. 집은 움직일 수 있는 걸로. 하지만 그게 실제로 가능할지는 염려가 된다네."

그는 동의를 구하듯, 주변으로 시선을 돌렸다.

"형님들, 생각해 보시지요. 저 무거운 걸 옮기려고 하면 얼마나 비용이 많이 들지, 게다가 저렇게 움직이면 망가지지 않겠어? 가구도 한 번 옮기면 상하는데."

충분히 타당성 있는 의견이었다.

사장단 대부분이 고개를 끄덕이며 수긍했다.

하지만 중공업 사장은 이런 분위기가 마음에 들지 않는 모양이었다.

"네 말이 완전히 틀린 건 아니지만."

'그런데요?'라며 인상을 찌푸리는 시멘트 사장과 잠시 눈을 맞추고는 말을 이었다.

"중요한 건, '집이 움직이는 사실'이 아니라, '왜 움직여야 하는가?'가 아니겠어?"

그의 말은 핵심을 찌르고 있었다.

다들 '집이 움직인다는 사실!'에만 포커스를 맞추고 있을 때.

그가 성훈 쪽으로 몸을 돌렸다.

잠시나마 마음이 기운 것은 사실이었다.

하지만 아무리 돈 냄새가 풀풀 난다 해도, 압둘이 이 안을 선택하지 않으면?

'말짱 도루묵이지!'

성훈에게 시선을 고정하며 눈썹을 으쓱했다.

'나를 납득시켜 봐!'

그는 성훈에게 말을 이었다.

"확실히! 설계는 파격적이네만, 압둘은 이걸 어떻게 볼까?"

성훈은 보일 듯 말 듯 입꼬리를 말아 올렸다.

'역시 묵은 생강이 맵군.'

예상하던 첫 번째 관문!

솔직히!

돈 냄새에 취해서, '왜'라는 의문을 제기하지 않기를 바랐다.

'칫! 스리슬쩍 넘어갔으면, 그다음은 식은 죽 먹기였는데.'

욕망에 눈먼 자들 다루는 건, 일 축에도 못 낀다.

허나 현실은 녹록하지 않았다. 여기서 이들을 이해시키지 못하면 어떤 지원도 기대할 수 없으리라.

물론!

압둘을 이해시키는 것은 더더욱 불가능하고!

회장도 같은 마음이었던지, 아까의 감탄한 표정을 지우고는 매서운 눈빛을 보내고 있었다.

얼른 대답해 보라는 듯이!

성훈이 쓴웃음을 지었다.

'쩝. 사실 이게 제일 자신 없었는데.'

솔직한 마음을 말하자면, 건물의 움직임과 돈 냄새를 맡고 눈이 돌아가기를 바랐다.

기존의 관념을 깬다는 것이 말이 쉽지, 쉬울 리가 있나?

'그래도 일단 관문은 넘어야겠지?'

몇 년 전이었더라?

도산건축소장이 말했었지.

그날 시청 공모전을 수상하고는 기분이 좋았던지, 자신만의 '고객 응대법'에 대해서 썰을 푼 적이 있었다.

막걸리를 양푼으로 들이키면서 말이다.

"성훈아, 공포나 힘으로 사람을 움직이는 거는 하책 중에서도 하책이다."

자신을 뿌듯하게 여기며 내뱉는 말에 옳다구나 맞장구쳤었지. 내가 보기에도 놀라울 정도로, 소장은 담당자들을 잘 구워삶았거든.

그 비법을 알고 싶었지.

"그럼요? 중책, 상책은요?"

그는 잔뜩 거드름 피우며 말했었다.

"이익으로 당기는 게 중책이고, 감동으로 사람의 마음을 움직이는 것이 최고란 말이지!"

그때 성훈은 웃으며 대꾸했었다.

"감동이요?"

이 어인 뜬금없는 감동인가?

틈만 보이면 약점 잡기 바쁜 사람이!

"그 사람의 가슴을 아련하게 만드는 뭔가를 떠올리게 하라는 말이지."

"예를 들면요?"

고개를 갸웃하던 그가 말을 이었다.

"흠. 첫사랑이라던가……. 아니면 어릴 적 추억……."

취중이라 더는 생각이 안 떠오르는지, 손을 휘휘 저으며 중얼거렸다.

"하여간 그런 거 있잖아? 너도 그런 거 있을 거 아니냐?"

그때 배시시 웃으며 결론을 내렸었다.

"쉽게 말하면, 감성팔이네요?"

"예끼. 이 친구야! 없어 보이게, 감성팔이라니! 고객에게 감동을 주란 말이다. 그럼 반은 먹고 들어가는 거나 마찬가지야."

동양 고전 어딘가에서 인용한 거겠지만, 당시의 내게는 작은 깨달음이었고, 그의 말은 아직도 뇌리에 남아 있었다.

이런 곳에서 써먹을 거라고는 생각 못 했었지만.

사장들의 눈이 성훈을 주시하고 있었다.

설명을 요구하는 그들의 눈동자는 욕심으로 이글이글 불타고 있었다.

'하긴 이 상황에서 건물의 콘셉트 따위가 눈에 들어올 리가 있어?'

다른 설명은 필요 없었다.

이 정도까지 보여줬는데, 돈 냄새를 못 맡는다면 진작 회사를 접었을 사람들이었다.

작게 한숨을 내쉬며 성훈은 말을 시작했었다.

"일단 이 프로젝트의 대략적인 핵심이 뭔지 이해하셨으리라 생각됩니다."

움직이는 것!

눈 달린 사람인데, 그걸 모를 리 있으랴?

회의장에는 조용한 정적만이 흘렀다.

이글거리는 눈동자들과 하나하나 눈을 맞추며 말을 이었다.

"저는 집이란 한 사람의 평생이라고 생각합니다. 태어나서…… 죽을 때까지…… 자신의 추억을 묻혀가는, 아주 특별한 공간이죠."

일례로, 대다수의 한국인은 집 한 채를 마련하기 위해 수십 년 동안 땀을 흘린다.

그러므로 한 개인에게는 특별한 의미가 될 수밖에 없으리라.

차분한 목소리로 성훈이 말을 이었다.

"태어나서는 손때를 묻히고, 무덤에 들어갈 때까지 집을 가꾸죠. 소중한 가족들의 추억이 스며있는 곳이니까요."

인간이라면 누구나 이상적인 집을 꿈꾼다.

누군가에게는 따뜻한 품을, 어떤 이는 외부의 위협을 느끼지 않고 편하게 몸을 누일 수 있는 곳.

사람에 따라 이미지는 다를 수 있지만, 공통적인 사실은 자신만의 집을 원한다는 것이다.

성훈의 말에 동의하는지, 많은 사람이 고개를 끄덕이며 수긍을 표했다.

"하지만 사람들은 자신으로부터 그 공간을 떠나보냅니다. 분가, 혹은 경제적 이유로, 그도 아니라면 타인에게 말할 수 없는 개인적인 이유도 있겠죠. 과연 떠나고 싶었을까요?"

무책임하게 살면서 인생이 망가진 사람이야 자신의 과거를 되돌아보고 싶지 않을지도 모르나, 그렇지 않은 대부분의 사람은?

성훈이 물었다.

"여러분은요? 자신만이 간직한 추억과 이별하고 싶습니까?"

물어 무엇하랴!

할 수만 있다면, 함께 있고 싶지 않을까?

성훈의 질문이 이어졌다.

"블록 담벼락을 아십니까?"

그 말에 사장들의 입가에는 피식 조소가 피어올랐다.

'훗. 그걸 모를 사람이 있을까?'

누군가 되물었다.

"자네는 아나?"

지금은 시골에나 가야 볼 수 있는 옛것이었다.

성훈이 단상에서 중앙으로 발걸음을 옮겼다. 조용한 가운데, 스크린만이 빛을 발하고 있었다.

영상은 이미 끝나고, 아무 내용 없는 하얀 화면에 성훈의 그림자만이 주인을 흉내 낸다.

성훈의 구릿빛 얼굴이 환하게 빛났다.

"당연하죠. 제 어린 시절 좋은 친구였습니다. 스티로폼을 갈아서 눈을 만들기도 하고, 낙서도 많이 했었죠."

사장들의 입가에 옅은 미소가 떠올랐다.

때때로 오래된 기억은 강렬한 감정의 폭풍을 일으킨다.

불현듯 떠오른 아련한 옛일은 가슴을 옥죄기도 하고, 가슴을 따뜻하게 만든다.

그걸 사람들은 '추억'이라 부른다.

지금이야 돈만 추구하는 수전노라 불리는 사장들이지만, 이들의 젊은 시절조차 그리 메말랐으리라 생각지는 않는다.

'얄개시대'를 따라 한답시고, 담벼락이나 뒷동산 그루터기에 '철수 ♡ 영희'를 새기는 장난 한번 안 쳐봤을까?

처음부터 돈만 밝히는 냉혈한이었을까?

반응으로 보아, 굳이 설명이 필요 없을지도 모른다.

하지만 성훈은 자신의 어린 시절을 추억하듯 슬며시 눈을 감으며 팔을 천천히 올렸다.

"특히 그 블록의 거친 감촉은……."

그리고 옆으로 걸으며 손끝으로 허공을 훑었다.

존재할 리 없는 벽을 만지고 있는 듯이.

쓰윽!

자신의 기억에 남아 있는, 성훈보다 훨씬 나이가 많았던 그 담벼락을 쓰다듬었다.

성훈을 지켜보던 건설 사장이 고개를 갸웃했다.

'왜 녀석이 어울리지 않는 짓을 하는 거지?'

하지만 그 행동이 무의미하지는 않았던 모양!

사장단 중 몇몇은 이미 눈을 감고 성훈과 동조하고 있었다.

사장이 슬며시 입꼬리를 올렸다.

'무슨 상관이야? 납득만 시키면 되는 거지.'

지켜보면 될 일, 건설 사장도 조용히 눈을 감았다.

음유시인이라도 된 것처럼, 그들과 파장이 맞을 만한 추억을 열거하던 성훈은, 한쪽 눈을 슬며시 떴다.

성훈의 말이 끝났음이 느껴지자, 팔짱을 낀 채 자신만의 추억을 되새기던 사장들이 하나둘 눈을 떴다.

성훈은 사장들과 무심한 듯 눈을 맞췄다.

'흠. 이제 거의 다 넘어온 것 같은데…….'

아까처럼 이글대기는커녕, 오히려 아련한 기억이 떠올랐음인가? 주름진 눈가가 촉촉해진 사람들도 있었다.

'다들 그런 추억들 몇 개는 있는 법이지.'

태양은 나그네의 털옷을 벗겨내지만, 추억은 얼음처럼 차가운 냉혈한의 경계심을 무장 해제시킨다.

속으로 회심의 미소를 지었다.

'역시 감성팔이가 최고군! 더 연기할 필요는 없겠지?'

물론 성훈도 아직 확신할 수 없었다.

이 전략이 반드시 압둘에게 먹힌다고는 말이다.

대상이 다르기도 하고, 결과적으로 감정에 호소한 것뿐이니까. 게다가 모든 사람이 집을 옮기는 수고보다 추억으로 얻는 게 더 크다고 말하지는 않을 것이다. 어쩌면 먹고살기 바쁜 대다수 사람에게는 추억을 떠올릴 시간조차 허용되지 않을지도 모른다. 생존이라는 대명제 앞에서는 대단히 사치스러운 감정이겠지.

하지만 그 대상이 압둘이라면?

그처럼 소중한 것을 잃어본 사람이라면?

'카미'라는 늙은 낙타가 그에게 어떤 의미를 지니는 존재이며, 그가 '카미'를 얼마나 소중하게 여기는지를 떠올려 본다면 능히 짐작할 수 있으리라.

그는 전쟁과 내란이라는 투쟁을 거치며, 수많은 추억을 상실하며 살아왔다. 그런 삶을 살았던 압둘에게 '카미'는 단순한 애완동물이 아니라, 자신의 젊은 시절이 모두 축적된 추억의 집약체이리라.

아마 '카미'를 보면서 죽은 형제와 전우의 얼굴을 떠올리고 추도할 것이며, 전쟁에 승리한 그때의 성취감을 느낄지도 모른다.

혹은 다시는 빼앗기지 않겠다고 굳게 다짐할 수도 있지.

그러나 만약 '카미'라는 매개체가 없다면?

그게 과연 가능할까?

되새기지 않는 기억이란, 물 잔에 떨어진 레드 와인 한 방울과 같다.

서서히 기억 속에서 흐려지다, 이내 생각조차 나지 않는다.

'그걸 알기에 압둘은 '카미'를 애지중지하는 것이지. 자신을 잊지 않기 위해, 다시는 치욕당하지 않으려!'

하지만 압둘이라는 인간을 이들에게 모두 보여줄 필요는 없었다. '강철의 군주'를 코스프레 중인 압둘에게도 좋지 않은 영향을 미칠 것이고 말이다.

겉으로 보이는 압둘은 철저한 장사꾼이었다.

서서히 눈가의 물기가 사라지고, 다시 눈빛이 살아나고 있었다.

그들의 눈이 묻고 있었다.

'그래서 압둘은 설득할 계획은 뭔데?'

이 사람들의 관심사는 딱 두 가지일 것이다.

'당연히 설계는 아닐 거고!'

이 프로젝트를 압둘이 받아줄 것이냐? 그리고 이 일을 함으로써 자신이 어떤 이익을 얻을 수 있는가?

이익은 눈에 보이지만, 압둘이 이것을 어떻게 받아들일지는 아무도 모른다.

그렇기에 염려를 하는 거겠지.

자신들의 납득이 압둘의 합격점을 의미하는 건 아니니까.

'그저 예행연습에 불과했지.'

허나 충분히 성공적이었다.

이제 이들이 원하는 답을 줄 시간이었다.

'이들의 바람은 압둘을 납득시킬 수 있다는 확신!'

성훈이 그들을 향해 입을 열었다.

"아시는 분도 계시겠지만, 저는 압둘과 요 몇 년간 각별한 관계였습니다."

그 말에 사장들이 연신 고개를 끄덕였다.

대부분 인정하는 사실!

쿠웨이트의 다음 왕, 압둘과 친한 사람을 꼽으라면, 그 첫 번째 손가락은 성훈이었다.

그의 가족들을 제치고 말이다.

할 수만 있다면, 자신들도 그런 관계가 되고 싶을 정도로.

"인연의 시작은 오래전이었지만, 가장 최근은 작년의 공사였군요. 거의 6개월 정도 쿠웨이트에 머물렀던 적이 있죠."

성훈의 움직임을 어찌 모르랴! 모두의 관심 대상인데.

이 중에 성훈이 모르는 사람은 있어도, 성훈을 모르는 사람은 아무도 없었다.

성훈이 말을 이었다.

"그는 쿠웨이트가 주변 인접국에 비해 역사가 짧은 데다, 대표할 무언가가 없다는 것에 심히 아쉬워하고 있습니다."

사장들도 수긍의 눈빛을 보냈다.

쿠웨이트는 작은 나라, 경상북도보다 면적이 좁고, 인구는 300만이 채 되지 않는다. 그런 소국에서 석유가 나오니, 얼마나 다른 나라에게 군침이 흐르는 대상이었으랴?

그 탓일까?

적대 감정을 가진 옆 나라 이라크로부터 1990년에 침공을 당한 적도 있었다. 어떤 명분의 침공이었다 해도, 석유 때문이라는 것을 완전히 부정할 수는 없을 터!

건설 사장이 대표로 물었다.

"그런 갈증이 이번 공모전의 이유라는 거군."

성훈이 답했다.

"네. 그렇습니다."

"흠. 자네 추측 아닌가?"

"맞습니다. 하지만 거의 확신에 가까운 추측이죠."

사장은 턱에 주름을 만들었다.

"하긴. 여기 자네만큼 압둘을 잘 아는 사람은 없을 테니."

말없이 웃는 성훈에게 그가 말을 이었다.

"하지만 그게 압둘을 설득시킬 근거로는 약하지 않나?"

"이 두 가지는 확실합니다."

"뭔가?"

"첫째. 그는 쿠웨이트가 최초인 것을 찾고 있습니다."

"흠……."

"지나간 역사로 인접국을 이길 수 없으면, 세계 최초의 타이틀을 갖는 것도 괜찮은 대안이죠."

"그렇겠군."

사장이 고개를 끄덕였다.

"그렇다고, 공모전 주제로 '세계 최초의 건축물!'이라고 적기는 어려웠을 겁니다."

압둘이 갈증을 이해하는 성훈이었다.

'쉽게 말해 자랑거리를 만들고 싶은 거죠.'

다른 나라가 우습게 볼 수 없는 상징을.

단지 산유국이며 돈이 많다는 사실로는 부족하다는 사실

은 압둘은 알고 있었다.

'그건 천혜의 혜택이지. 압둘이 원하는 건 자기 민족의 손으로 만들어진 것이지.'

그 원천이 기름이든 돈이든, 그건 중요하지 않았다. 자신들의 능력으로 뭔가를 만들었다는 것!

그것으로부터 쿠웨이트의 기반, 역사, 전통이 생겨난다.

그게 압둘의 믿음이었다.

확신을 가지고, 사장들과 시선을 부딪쳤다.

'난 그 기대에 부응할 수 있지. 그리고 난 승산 없는 싸움에 뛰어들지 않아.'

성훈의 당찬 눈빛에 사장이 미소 지으며 물었다.

"좋아. 자네가 그렇다니 맞겠지! 두 번째는?"

"그는 유목민의 후예라는 것을 자랑스럽게 여기고 있습니다. 척박한 환경에 살아남은 강인함을 의미하니까요."

두 번째 답에 사장은 고개를 갸웃했다.

"그것과 이 설계의 연결점은?"

"유목민은 유랑 생활을 합니다."

"그런데?"

"그들은 집도 가지고 움직이죠."

"후후. 그래서 유목민과 어울린다?"

"적어도 싫어하지 않을 겁니다."

이야기가 길어질 것 같자, 회장이 끼어들었다.

"뭐 그런 거를 꼬치꼬치 캐묻고 있노? 어쨌든 성훈이 니는 이걸로 압둘을 꼬실 수 있다. 그거제?"

막무가내로 치고 들어오는 그의 말에 성훈이 엉겁결에 고개를 끄덕였다.

"웃지만 말고, 똑띠 대답 안 하나?"

그는 대놓고 확신을 요구하고 있었다.

성훈이 자신감 있는 목소리로 답했다.

"저한테 맡겨주십시오."

"그라믄 질질 끌 필요 없지!"

회장이 좌우의 사장들을 훑으며 말을 이었다.

"너그들 중에 성훈이만큼 압둘 아는 놈 있나?"

눈치만 볼 뿐, 아무도 입을 열지 않았다.

코웃음 친 회장이 말했다.

"그라믄 그래 하자. 니가 승산도 없는 싸움에 뛰어들 얼라도 아이고. 그래 확신하는 거 보믄, 우리가 모르는 기 뭐 있겠지?"

성훈이 모든 것을 말하지 않았다는 것을 이미 아는 듯, 그는 서둘러 마무리했다.

회장이 물었다.

"그런데, 니는 와 저래 건물들이 움직이도록 만들었노?"

그게 묻고 싶어서 얼른 마무리 지었던 모양이다.

"사실, 이 설계는 제가 몇 년 전부터 고민해 왔던 문제를 담고 있습니다."

"무신 문제?"

성훈이 말을 이었다.

"왜 건축물은 반드시 땅 위에 고정되어야만 하는가? 하는 문제죠."

"……?"

"물론 그럴 기술 수준이 안 된다는 것은 압니다만, 왜 아직도 이 상태인가?"

"인자는 그래도 된다? 이거야?"

언제까지 과학 기술의 발전을 기다리며 건축의 구조만 가지고, 설계를 해야 할 시간은 아니라는 판단이 들었기 때문이다.

"인간의 첫 비행은 라이트 형제가 시도했다고 들었습니다."

"그거는 나도 알지. 그래서?"

"그 사람들이 항공역학이고 기체역학을 다 알고 시작했겠습니까?"

비행기, 아니, 인간이 난다는 개념도 없던 그 시절, 그게 무슨 의미가 있었겠는가?

존재하지도 않았으리라.

결국, 그들의 어처구니없는 시도가 있었기에 사람은 하늘을 날 수 있었고, 그 무모함은 오늘날 인간이 하늘을 활공하는 시발점이 되었다.

"그래도 너무 무모한 거 아이가?"

"무모한 시도라도 없으면, 발전은 없죠?"

"흠…… 그래도 굳이 네가 먼저 돌을……."

회장은 너무 나갔다고 생각했던지, 아니면 성훈의 기를 죽인다는 생각을 했던지, 하던 말을 끊고는 다시 말을 이었다.

"위험한 거를 시도할 필요가 있겠나?"

다른 사람이 성공한 뒤에 하는 것이 더 좋지 않겠냐는 말이리라.

'그래서는 절대로 그들을 따라잡을 수 없다고요! 죽을 때까지 끌려다니겠죠!'

성훈이 힘주어 말했다.

"충분히 가능합니다. 조건만 갖춰지면."

회장이 그 대답에 미간을 좁혔다.

"뭐라! 충분히? 가능하다……?"

회장의 머릿속이 빠르게 회전했다.

'아무도 안 했다는 기 문제지.'

실제로 이뤄내기만 한다면, 세계 최초의 타이틀을 쿠웨이트와 함께 KT가 공유하는 것이었다. 건물 주인은 압둘일지 몰라도, 그걸 만들 기술은 KT팀이 가지고 있는 거니까.

세계는 누구에게 초점을 맞출 것인가?

주인에게? 아니면 그걸 만든 사람에게?

그 건물을 사려고 할까? 새로 만들어 달라고 할까?

판단은 순식간이었다.

"무신 조건이 필요하노?"

단도직입적으로 답을 요구하는 회장의 물음이었다.

'이걸 위해 당신들을 불렀다고.'

손에 든 리모컨을 조작하며 성훈이 말했다.

"화면을 봐주십시오."

비어 있던 스크린에 선이 생성되면서 그래프가 완성되었다.

좌측 하단에서부터 비스듬히 상승하는 붉은 선을 포인터로 가리키며 설명을 덧붙였다.

"여기 이 라인은 엔진의 발전을 보여줍니다. 즉 수송 가능한 중량이 얼마나 증가했는지를 보여주는 곡선이죠."

가솔린 기관이 발명된 1883년부터 생성된 곡선은 1차 세계 대전 시기에 심하게 꺾였고, 잠시 잠잠하다가 2차 세계대전 전후를 기점으로 가파른 경사를 그리고 있었다.

그리고 다시 최근까지 약간 완만해진 느낌.

붉은 선의 종착점에서 포인터를 아래로 내리며 성훈이 말했다.

"지금 비행기로 수송 가능한 최대 중량은 250톤이군요."

사장들이 고개를 끄덕이며 중얼거렸다.

"음. 대단하군."

"이, 이백오십 톤이면 집도 싣겠는걸."

"에이. 되겠어요? 그래도 집인데. 그거 무게가 얼마인지도 모르는데."

"그래도 가능하지 않을까?"

근거 없는 갑론을박을 들으며 성훈이 대꾸했다.

"지금 말씀드린 건 적재하중의 맥시멈입니다."

라인을 따라 움직이던 포인터가 자리를 옮겨 파란 라인을 가리키며 말을 이었다.

"그에 비해 건물의 중량 변화를 보시죠."
사람들의 눈길이 포인터를 따라갔다.
"이곳 1980년대까지 미국의 마천루 경쟁이 이뤄지면서 자체하중 절감을 위한 노력이 이뤄졌을 뿐, 딱히 괄목할 만한 변화는 없었습니다."
당연한 결과일 것이다.
건축가의 관심은 '얼마나 하중을 버틸 수 있느냐?' 이지, 건물의 무게가 아니다. 모두 수긍을 하면서도, '그래서?' 하는 눈빛이 성훈에게로 집중되었다.
성훈이 말을 이었다.
"철근 콘크리트를 기준으로 이야기하자면, 일반적인 건물을 짓는 데 있어서, 평당 콘크리트는 2㎥가 사용되며 중량은 4.4톤입니다. 그리고 철근은 대략 평당 0.3~0.4톤이 소요됩니다. 쉽게 말해 평당 4.8톤이 쓰인다는 말이죠."
이 말이 그들에게는 엄청나게 의외였던 모양이다.
눈을 동그랗게 뜨고 헛웃음을 뱉었다.
"펴, 평당?"
"그, 그렇게나 많이 든다고?"
"허! 집이 그렇게 무거운 거였다니?"
간단히 말하면, 아파트에 사는 사람들은 그 수십 배 수백 배를 능가하는 무게 아래에서 살아가는 것이다.
다만 그게 당연하다 여기니 인식하지 않을 뿐.
'이걸 생각하면 아파트에 살고 싶지 않을걸?'
누가 그 하중 아래 있고 싶겠는가?

단 한 순간이라도 말이다.

그들의 경악을 무시하며 말을 이었다.

"그 외의 부자재들은 제외한 겁니다. 그러니 간단히 계산해도, 50평 이상의 객실은 만들 수 없다는 결론이 나옵니다."

"그렇겠지. 이동할 수 없으니."

그 특징이 빠진 이 건축물은 여타의 다른 것들과 차이랄 것이 없었다.

자연스럽게 연결되지만, 이동할 가치가 없으면 경량화도 의미가 없다.

성훈에게 질문이 던져졌다.

"그럼 자네 계획은 불가능한 것 아닌가?"

"그래. 거기 입주하는 사람들이 50평으로 만족할 것 같지 않은데?"

50평!

가난한 사람에게는 상상하기 어려운 평수!

허나 부자들에게는 가슴이 답답할 정도로 좁은 공간이리라.

"해결책은 있는가?"

"네!"

"그게 뭔가?"

궁금증에 안달하는 그들을 보며 말했다.

"사장님들의 회사에서 개발 중인 신소재를 적용하면 됩니다."

"신소재?"

"철강 쪽에서 기존의 철보다 강한 강철 합금을 개발 중인 것으로 알고 있습니다."

그 말을 기다리고 있었다는 듯 물었다.

"어떻게 알았나?"

도전적인 말투에 성훈이 대수롭지 않게 대꾸했다.

"자세한 건 모릅니다."

"그래도 말해보게. 어디까지 아는지?"

"기존 강철 합금의 약 2배 정도의 강도라는 정도?"

"오호!"

그의 대꾸에 뒤에 앉은 사람의 얼굴이 굳었다.

"그럴 리 없습니다, 사장님. 지레짐작일 뿐입니다."

사장이 코웃음 치며 웅얼거렸다.

"박 전무, 저게 짐작하는 얼굴로 보여?"

박 전무가 다급히 뒤에서 속삭였다.

"사활을 거는 제품인 만큼, 제가 보안은 직접 챙겼습니다. 절대……."

"됐어. 이미 지나간 일."

그러고는 성훈에게 말했다.

"흥. 그럼 다 안 거지."

성훈이 대수롭지 않게 대꾸했다.

"뭐. 우연히 알게 된 겁니다."

"우연이라……."

박 전무가 사색이 되든, 성훈은 개의치 않았다.

'이제 곧 발표할 거면서! 따지기는.'

늦어도 3개월 정도 후에는 제품이 출시될 거라, 성훈은 확신하고 있었다.

하지만 그전에 발표가 된다면?

거기다 그 제품이 거장들의 눈길을 끈다면?

'그분들은 호기심 왕이라고!'

자신의 흥미를 끄는 신소재가 있다면, 어떻게든 적용해 보려 할 것이다.

그 호기심이 지금의 명성을 만든 원천이었다.

세상의 흐름에 대한 지대한 관심!

평소의 성훈이라면, '한판 붙어봅시다!'라고 했을지 몰라도, 지금은 진검 승부의 순간이었다.

'어떤 변수도 만들고 싶지 않아!'

그게 성훈이 긴장하는 이유이기도 했다.

'핵심이 모듈의 경량화와 건물의 이동인데, 다른 거장들도 적용해 버리면 이 프로젝트가 빛이 바래 버리거든!'

같은 소재를 가진다면, 그들은 어떤 결과물을 만들지 예측할 수 없는 괴물들이었다.

'객실의 이동까지는 생각하지 못한다 해도, 난 그들이 어떤 승부를 걸어올지 도저히 예상이 안 돼!'

감탄할 수밖에 없는, 진정 노회한 괴물들!

이것이 브리핑에 그들을 부른 성훈의 진짜 목적.

사장들을 회유함으로써 신소재에 대한 일시적 독점권을

가지는 것이었다.

성훈이 말을 이었다.

"현재 시멘트에서도 4배 강도를 견디는 제품이 거의 개발 완료 단계인 것으로 알고 있습니다."

하지만 그는 그리 놀라지 않고 답했다.

"그건 어떻게 알았나?"

"우연히 알았습니다."

쏘아보는 그의 눈을 외면한 채, 성훈은 다시 스크린으로 향했다.

"그걸 적용하면……."

붉은 선과 푸른 선이 늘어났다.

두 선이 마주쳤을 때, 성훈이 말했다.

"적어도 이론상으로는……. 지금 보신 것들은 현실이 됩니다."

성훈의 설명에 회장이 고개를 끄덕였다.

"흠. 가능하다! 이 말이제?"

"네. 충분히 가능합니다."

이론으로 가능하면, 실현도 가능하다.

사람이 약간의 융통성을 발휘하면, 충분히 이론은 현실과 타협할 수 있다.

물론 그 과정에서 KT팀은 기적을 만들어야겠지만 말이다.

철강 사장이 의자를 슬쩍 밀며 물었다.

"저거 무슨 구조야?"

긴장한 전무가 의자를 바짝 당겨 앉았다.

"글쎄요. 기본은 철골 구조 아니겠습니까?"

"그런가?"

"아마도 그렇게 갈 것 같습니다."

"아마도?"

설명이 부족한 것 같자, 전무가 말을 이었다.

"콘크리트도 사용은 하겠지만, 저렇게 움직이는 건물이라면 크랙의 위험이 크기 때문에 일부일 겁니다. 또한, 사용한다 해도 다른 장치를 부착하는 등의 애로 사항이 꽤 많을 겁니다."

"흠. 그래?"

고개를 끄덕이던 사장이 말을 이었다.

"어떻게 생각해? 박 전무는?"

"흠. 좋아 보입니다. 잘만 된다면, 따로 홍보하지 않아도……."

"아니, 눈치가 그렇게 없나? 우리가 저기서 차지하는 비중이 얼마냐? 그거야."

스크린에 시선을 고정한 사장이 혀로 마른 입술을 핥았다.

먹음직한 먹이를 발견한 모습!

그 표정의 의미를 이해한 것인가?

전무는 주변을 의식하며 조용히 속삭였다.

"압도적입니다. 사장님."

"우리 파이가 제일 크다? 확신해?"

"네, 네? 그렇습니다."

"홍보도 확실하고?"
전무가 식은땀을 훔치며 답했다.
"네. 그렇습니다. 저게 공모전에 당선만 된다면, 다른 홍보가 필요 없을 것 같습니다."
"흠."
욕심은 나지만, 사장은 쉽사리 용기가 나지 않았다.
결국, 실행하는 사람은 사장 자신이었다.
태산 같은 아버지와 호랑이 같은 형들과 맞서야 한다는 숙제가 남은 것이다.
전무가 눈치를 챘다.
사장이 왜 망설이는지를.
미운털이 박힌 이상, 기회가 닿는 대로 점수를 따야 했다.
"혹시 다른 분들과 충돌을 걱정하시는 겁니까?"
"당연하지!"
긴장한 사장의 귀에 전무가 혀를 놀렸다.
"사장님, 이걸 생각하셔야 합니다."
"뭐 말입니까?"
"저 현장에 반영된 단가가 바로……."
"바로?"
"우리 신제품 단가가 될 겁니다."
그의 말에 사장의 눈썹이 조용히 요동쳤다.
'부르는 게 값이라는 말!'
크게 숨을 들이쉬었다.
'결정을 해야 하나?'

다시금 사장을 종용하는 목소리가 들려왔다.
“어차피 우리 강철 합금이 없으면, 저건 말짱 도루묵입니다. 사장님.”
사장은 침을 꿀꺽 삼켰다.
‘말짱 도루묵이라…….’
선점이라는 게, 독점이란 게 이럴 때 좋은 거 아니겠는가?
전무가 말을 이었다.
“거기다 다른 대안도 없지요.”
그 말에 사장은 미련을 접었다.
‘아버지도 경영에 끼어들지 않는다고 하셨지?’
그렇다면 혼자서 살아남아야 한다.
경쟁이 약간 일찍 시작된 것일 뿐, 달라질 것은 없었다.
‘잘만하면 그동안의 열세를 한순간에 역전할 수 있겠군.’
심장 소리가 고막을 쿵쾅쿵쾅 때렸다.
“대안이 없다는 말은 진짜겠지?”
“네 그렇습니다. 아직 다른 곳에서 성공했다는 보고는 없었습니다.”
“그 정도론 부족해. 좀 더 확실한 정보!”
정보 없는 모험이 도박과 뭐가 다르랴?
“사장님, 정 불안하시면, 조금 시간을 끌어보시지요. 이틀 정도면 확실하게 알 수 있을 겁니다.”
사장의 아래턱에 힘이 들어갔다.
“전무님, 우리 연구 얼마나 걸렸지?”
“3년입니다. 마음고생이 심하셨지요.”

"그 고생 다 보상받아야 하지 않겠어?"

"이를 말씀이겠습니까?"

사장이 결정을 내렸다.

"이틀! 그 안에 답을 가져와!"

"네. 저만 믿으십시오."

내 설명에 이해가 된다는 듯, 회장은 고개를 주억거렸다.

"흠. 저게 가능하다, 그 말이제?"

"그래서 계열사들의 협조가 필요합니다."

가능하다는 말이 회장의 마음에 드는 모양.

그는 흔쾌히 웃으며 물었다.

"무슨 협조?"

"전 이 사실이 밖으로 새어나가지 않았으면 합니다."

"그건 뭐할라꼬?"

"공모전을 시작하기 전에 제 경쟁자가 알게 하고 싶지 않거든요."

"아하. 공모전에 출품하고 나면 바꾸고 싶어도 몬 바꾸니까, 니 혼자 할 수 있다. 그 말이제?"

고개를 끄덕이며 수긍하자, 회장이 말했다.

"그 정도는 문제 있겄나? 큰 손해날 것도 아이구마."

하지만 내가 원하는 것은 확답이었다.

변수를 만들지 않겠다는 약속!

"하모 가는 기 있는데, 오는 것도 있겄제?"

그의 속내를 왜 모를 것인가?

"그 제품을 제 현장에 쓰겠습니다. 그리고 반드시 성공하도록 하겠습니다."

시원한 대답에 회장도 만족했다.

"마 됐다! 그라믄 질질 끌 거 뭐 있노?? 여서 물어보믄 되지."

회장이 시멘트 사장에게 말을 이었다.

"일곱째, 우째 생각하노?"

핵심이 되는 신소재가 강철 합금과 시멘트.

그러니 관계자인 그에게 질문하는 것이리라.

시멘트 사장은 별 이견 없이 고개를 끄덕였다.

"좋지요. 아부지. 아직 완전히 끝난 건 아니라도, 공모전에 나갈 정도에는 100% 완성될 겁니다."

그러고는 헤벌쭉 웃으며 내게 물었다.

"이봐! 성훈이. 단가는 제대로 쳐줄 거지? 이거 만드느라 애 좀 먹었다고!"

"어련하겠습니까? 섭섭지 않게 하겠습니다."

"그럼 좋아! 우리 것 좀 팍팍 넣어 달라고. 이거 안 팔리면 우리 회사 문 닫아야 돼!"

그는 나이에 어울리지 않는 엄살을 부렸다.

기분 좋게 협상이 마무리되자, 회장의 물음은 강철 사장에게 향했다.

당연히 될 것이라 믿으며.

"막내, 니도 당연히 할 거제?"

하지만 철강 사장은 묘한 표정을 지었다.

"저는……. 좀 고민을 해봐야 할 것 같습니다."

다른 사장들이 얼굴을 찡그렸다.

동시에 회장의 표정도 돌처럼 굳었다.

"와? 무신 고민?"

회장의 못마땅한 표정에도 사장은 고집을 굽힐 마음이 없어 보였다.

아니, 오히려 결단을 내린 얼굴이랄까?

"회장님."

"회, 회장님?"

노 회장의 미간이 좁아졌다.

공식 석상에서 부르는 호칭.

사적인 감정을 배제하자는 의미가 다분했다.

회장이 아니꼬운 표정으로 고개를 쳐들었다.

"좋다. 말해 보그라. 뭐 땜에 그라는지."

"회장님! 이 연구는 제가 회사를 물려받고 처음으로 시도했던 프로젝트입니다."

회장의 불퉁스러운 대꾸가 돌아왔다.

"그런데?"

"아직도 저와 부하들은 그것의 완성을 위해서 밤잠을 설치고 있습니다."

본론을 말하지 않고, 빙빙 돌리는 게 마음에 들지 않았음인가?

회장은 쭈글쭈글한 눈썹을 치떴다.

"흥. 그래서? 여 니만큼 고생 안 한 놈도 있다 카더나? 다 좋다 그거야. 글타카믄 이거야말로 고생한 대가를 얻을 절호의 기회 아이가?”

성난 회장을 어떻게 설득할 것인가?

하지만 사장은 그의 눈빛을 정면으로 받으며, 차분하게 답했다.

“성훈 군은 거의 완성 단계라고 했지만, 저는 아직도 모자란 부분이 많다고 생각합니다.”

못 미더운 듯, 회장이 물었다.

“그기 참말이야?”

“어느 안전이라고 제가 거짓말을 하겠습니까? 아직도 애초에 기대했던 효과는 나오지 않고 있단 말입니다.”

그는 살짝 짜증 어린 투로 말을 이었다.

“그리고 막말로 저라고 이런 기회를 놓치고 싶겠습니까? 회장님의 기대에 못 미쳐 그저 죄송할 따름입니다.”

그는 되려 답답하다는 듯 한숨을 내쉬었다.

회장의 표정도 갑갑해졌다.

안 된다는데 뭐라고 할 것인가?

하루아침에 뚝딱 완성되는 것도 아니고. 거참!

하지만 송구하다며 고개를 조아리는 모습을 보며, 나는 약간 의아함을 느꼈다.

‘뭐? 아직도 완료 단계가 아니라고?’

절대로 아니었다.

다시금 예전 기억을 되살려 봐도, 분명 두 회사는 거의 동시에 신소재를 개발했었다.

‘시멘트는 완료되었다고 했는데…….’

그는 '노력해 보겠다'는 말도 아니고, 공모전에 제출할 즈음엔 100% 가능하다고 했다.

내가 철강 사장의 말이 변명을 위한 변명이라고 생각하는 이유도 단순했다.

비싼 가격 때문이었을까?

두 신소재는 좋은 품질에도 불구하고, 광범위한 분야에 사용되지는 못할 거라고 전문가들은 전망했었다. 다른 자재들에서 무게를 줄이지 못하면, 그 효과가 미비하기 때문이었다.

'가성비가 나쁜데 누가 굳이 그걸 쓰겠어?'

하지만 운 좋게 두 제품이 동시에 나오면서 시너지 효과를 일으켰고, 반드시 경량화가 요구되는 일부 분야에서는 센세이션을 일으키며 팔렸다.

그 덕에 해당 회사들은, 전문가들을 비웃듯 애초 예상을 몇 배 뛰어넘는 수익을 거뒀었다. 그 기사가 아직도 기억나는데, 철강 사장은 그렇지 않다고 말하고 있었다.

의심 가는 게 당연하지 않아?

하지만 내가 그 사실을 까발릴 수는 없었다.

'뭘 근거로? 아까도 우연히 알았다고 했는데!'

그의 행동을 조금 더 지켜보기로 했다.

삐딱하게 바라보던 회장이 '지금 말장난하자는 거냐?'는 투로 말을 뱉었다.

"그래서 약속도 몬 하겄다?"

"저는 못 지킬 약속 따위 하지 않습니다."

"낸중에 출시 예정을 맞추겠다는 약속도?"

"못 맞추면 어떡합니까? 저 공모전이 출품되었을 때, 우리 제품이 완성이 안 되면요?"

그게 무슨 대수냐는 듯, 회장이 말했다.

"안 되믄 안 되는 대로 발표만 하면 되는 거지."

"네?"

"성훈이 절마 설계가 말뿐이 아니다! 실제로 가능하다! 그것만 보이주고, 낸증에 완성시키면 될 거 아이가?"

"그래도……."

사장이 머뭇거리자, 회장이 마음에 안 드는 표정으로 목소리를 높였다.

"어쨌든 개발하는 거는 확실한 사실 아이가? 공모전 당선되고 바로 공사하나? 아이거든? 실시도면 맹글고, 업체 선정하는 데만 일 년 훌쩍 넘어갈 건데? 그 안에도 몬 맹글어?"

그는 답답하다는 듯 빠르게 말을 이었다.

"그것도 아이믄 성능이 쪼매 떨어져도, 경량화된 건 확실하다 아이가? 그라고 성훈아. 그 정도는 설계에 큰 지장 없제? 니, 그 정도 유도리는 있다 아니가? 안 글나?"

막무가내의 회장을 보니, 피식 웃음이 나왔다.

'말이 제대로 안 통하니, 속이 많이 상하신 모양이네.'

그의 말에 재빨리 답했다.

"네. 뭐. 그래도 되고요."

"요는 말만 맞추면 된다 아니가? 맞제?"

"맞습니다. 회장님."

다시 회장의 시선이 사장에게로 향했다.

"그라고 먼저 나오면 둘이서 입 딱 맞춰서 출시 시기 맞추고! 그기 뭐 어렵노? 아가 와 그리 유도리가 없노? 유도리가?"

"그래도 그건……."

설득이 되지 않자 심사가 뒤틀렸는지 회장은 비비 꼬는 투로 말을 던졌다.

"그것도 아이믄, 그 안에 맹글 자신이 없는 거야? 미스릴을 맹글라카는 것도 아이고, 뭐가 그리 복잡노? 으잉!"

자존심 상한 사장은 얼굴을 붉혔지만, 반박하지는 않았다.

'그렇다고 자신 없어 보이는 모습도 아닌데.'

철강 사장이 굳은 표정으로 말했다.

"회장님, 저도 수많은 직원의 운명을 어깨에 짊어진 사장입니다. 제 입장도 고려해 주십시오."

"되는지 안 되는지만 말하그라!"

"저 혼자 결정할 일이 아닙니다. 이 안건은 연구팀은 물론이고, 기획팀하고도 의논해 봐야 할 것 같습니다."

회장의 눈 아래가 꿈틀거렸다.

"협조할 생각은 있고?"

"저라고 왜 이리 좋은 기회를 놓치고 싶겠습니까?"

"그라믄 기다리 주께! 시간이 얼매나 필요하노? 30분이믄 되나?"

선심 쓰듯 기다리겠다는 회장이었다.

당장 결론을 내놓지 않으면 경을 치겠다는 표정.

회의 소집하는 데만도 하루는 걸릴 텐데…….

사장은 그래도 어쩔 수 없다는 표정이었다.

"적어도 사흘은 필요합니다."

"뭐! 사흘?"

30분을 준다고 했는데 사흘이라니!

회장이 뜨거운 콧바람을 내뿜었다.

"무신! 말 몇 마디 하면 되는 거를 사흘이나 달라카노? 지금 당장 전화 몇 마디면 되겠구만."

회장이 역정을 내든 말든, 사장은 침착한 표정으로 뒤를 향해 물었다.

모두 들으란 듯이 큰 소리로.

"박 전무, 자네 생각은 어때?"

전무는 회장에게 인사하며 말했다.

"죄송합니다, 회장님. 사장님 말씀이 맞습니다. 제가 보좌를 잘못하여……."

하지만 그는 회장의 눈총에 차마 말을 맺지 못하고, 깊숙이 고개를 숙였다.

회장이 호통쳤다.

"당장 전화 안 하나? 내 꺼 빌리주까?"

"송구스럽습니다. 회장님."

사장의 사과에 회장이 인상을 일그러뜨렸다.

어떤 말로도 굴복하지 않겠다는 고개 숙임.

'회장님도 딱히 명분은 없어 보이는군요.'

어떡할 수 있나?

막내 아들놈 주리를 틀 수도 없고.

회장이 씩씩거리며 분을 삭였다.

"잘하는 짓거리다. 으잉! 명색이 사장이라 카는 기! 직원들한테 질질 끌리댕기는 꼬라지하고는!"

경영에 간섭하지 않는다뿐이지, 불같은 성격은 여전했다.

속에서 솟구치던 불이 입 밖으로 튕겨져 나왔다.

"그래가 무신 노무 사업을 하노! 당장 때리 치아뿌라!"

내 귀로 사장들의 수군거림이 들렸다.

"그러면 그렇지! 오늘은 왜 아버지 입에서 저 말이 안 나오나 했습니다. 형님."

시멘트 사장이 중얼대며 불평하는 소리였다.

반면 중공업 사장은 걱정하는 표정이었다.

"저거 저러시다가 아부지 뒷골이라도 땡기믄 큰일인데?"

그러고는 말을 이었다.

"막내는 평소에는 아부지 말씀이라면 껌빽 죽는 놈이 오늘은 왜 저러냐?"

"그러게요. 평소에는 안 개기는 놈이 오늘은 좀 이상하네요."

중공업 사장도 이상한 느낌이 들었는지, 작은 소리로 물었다.

"그 합금 연구 말이야. 아직 끝이 안 보인다는 말이 정말이냐?"

"네? 무슨 소리세요? 얼마 전만 해도 지가 먼저 완성한다면서, 저보고 긴장하라고 하던데?"

"흠. 그래?"

그의 말에 시멘트 사장이 고개를 갸웃했다.

"엇! 그럼 나한테 뻥 쳤다는 말이네? 저게! 막내한테 질까 봐서 직원들을 얼마나 쪼아댔는데……."

시멘트 사장이 억울한 표정을 지었고, 중공업 사장은 의미심장한 눈빛으로 막내를 주시했다.

"흠. 그랬단 말이지."

한편 속은 걸 안 시멘트 사장이 흥분했다.

"저게 어디서 개구라를 치고 있어? 아버……."

흥분해서 당장에라도 고자질하려는 그를 중공업 사장이 팔로 제지했다.

"잠시 있어 봐라. 녀석도 생각이 있어서 하는 것 아니겠냐?"

"생각은 무슨 생각?"

"이유가 뭐라고 생각하냐?"

"그러게요. 돈 냄새가 풀풀 나는 걸 지나칠 놈이 아닌데……."

"뭔가 다른 꿍꿍이가 있구만."

시멘트 사장이 형의 진지한 표정을 보며 물었다.

"뭡니까? 그 꿍꿍이가?"

"낸들 어찌 알겠냐? 그나저나 아버지 더 흥분하시면, 혈관 터지는데……."

그도 그럴 것이, 내 눈에도 회장의 분기탱천한 표정으로 의자에 앉아 팔짱을 끼고 있었다.

시뻘건 안색에, 입을 꾹 다문 모습.

'진짜, 고혈압으로 쓰러지시겠네. 이걸 어쩐다?'

작게 한숨을 쉬는데, 어제 한 교수가 토닥이며 하던 말이 생각났다.

'성훈아, 너무 심하게 몰아붙이지만 마라.'

나로서도 아직 현재그룹은 이용해 먹을 구석이 많았으니, 굳이 사이를 벌리고 싶지 않았다.

'조금만 지켜볼까?'

사흘 안에 긍정적인 결과가 나온다면, 나도 굳이 불필요한 신경을 쓸 필요가 없었다.

'별로 그럴 것 같지는 않지만…….'

입맛을 다시며, 철강 사장 쪽으로 시선을 돌렸다.

무뚝뚝한 표정으로 형제들에게 미안하다며 고개를 조아리고 있었다.

뚱하니 천정을 보는 회장에게 말했다.

"회장님, 그 부분에 대해서는 제가 철강 사장님과 얘기해 보겠습니다."

그는 코웃음 치며 자리에서 벌떡 일어났다.

"흥! 느그들 끼리 알아서 해라. 나는 간다."

철강 사장이 다가오며 말했다.

"미안하게 되었네. 이해해 주게나."

자리를 박차고 나가던 회장이 돌아서며 사장들에게 호통

쳤다.

“그라고! 느그들은 몽땅 따라와!”

“네!”

사장단들이 줄줄이 빠져나갔다.

‘무슨 꿍꿍인지 보겠습니다.’

그들이 모두 사라지는 걸 확인하고 말을 꺼냈다.

“이로써 브리핑을 마칩니다.”

스크린을 끄고 곽 부사장에게 말했다.

“부사장님은 제 방으로 오세요.”

혹시나 벌어질지도 모르는 상황을 준비해야 할 때였다.

108장
초빙

팀장실로 들어서며 말했다.

"부사장님, '이민호'라는 사람, 어디 있는지 알아보세요."

"네?"

말을 뱉고 나니, 너무 뜬금없다는 생각이 들었다.

'한양에서 김 서방 찾기도 아니고.'

하지만 그는 '무슨 소리입니까?'라는 표정으로 눈알을 굴리면서도 즉시 답했다.

"네! 알겠습니다."

그리고 바로 말을 이었다.

"그런데 그 사람이 누굽니까?"

오늘 새벽까지 이름을 떠올리려고 노력한 끝에 떠올린 이름.

'이민호!'

그는 몇 년인가 후쯤에 4배 강도의 강철 합금을 발명했었지. 지금 현재철강에서 개발 중인 것보다 2배나 강하고, 생산 속도 또한 더 빠른 강철 합금.

'기왕이면 더 강한 게 좋지!'

철강 사장이 꼼수를 부리지 않는다면, 그대로 진행할 예정이었지만, 사람 속은 알 수 없는 법.

'유비무환이지. 뒤통수 맞은 뒤에 대책을 찾으면 이미 늦다고.'

마음만 급해지고, 결국은 철강 사장이 원하는 대로 질질 끌려가게 될 것이다.

곽 부사장이 생각에 빠진 나를 멀뚱하게 보고 있었다.

"많이 피곤하신 모양입니다. 팀장님."

"아뇨, 좀 생각할 게 있어서요."

"그런데 어디서부터 찾으면 될는지요."

'그러게.'

찾으라고 해놓고 보니, 그 범위가 너무 넓었다.

머쓱함에 나도 모르게 눈썹을 긁적였다.

뭐 하는 사람인지 힌트를 줘야 찾지.

'어제 밤새도록 이 이름을 떠올리다 보니, 참.'

그게 생각난 것만으로 안심해 버렸던 모양이다.

기억을 떠올리며 말했다.

"철강 연구소에서 근무하던 사람입니다."

"근무하던? 혹시 아시는 분입니까?"

"아뇨. 모르는 사람입니다. 저도 소문만 들었거든요."

바로 말을 이었다.

"어쩌면 지금은 연구소에 있지 않을지도 모릅니다. 워낙 바람 같은 사람이라."

"그렇습니까?"

"하지만 그쪽 계통으로 일했었다는 건 확실하니, 재직자, 퇴사자 할 거 없이 관련된 연구원이면 몽땅 훑어보세요."

"알겠습니다."

부사장이 고개를 끄덕였다.

"시간이 많이 없으니까, 빨리 수배 부탁합니다."

나가려는 그를 보며 말했다.

"아, 참!"

"더 하실 말씀이 남으신 겁니까?"

돌아서는 그에게 말했다.

"아뇨. 나중에 말씀드릴게요."

"알겠습니다. 그런데 무슨 연유로 이민호라는 분을 찾는지 여쭤 봐도 되겠습니까?"

강철 합금과 연관되어 있다는 것은 그도 짐작하리라. 그가 묻는 이유는 다른 것일 터!

하지만 뭐라고 그를 이해 시켜야 하는가?

아직 전혀 이름이 드러나지 않은 사람인데.

'나야 알지만…….'

설명할 방법이 없어서 얼렁뚱땅 얼버무렸다.

"나중에 설명해 드리겠습니다. 일단 그 사람을 만나 보지 않고는 뭐라고 설명을 못 드리겠네요."

그는 내 눈을 응시했지만, 토를 달지 않았다.

되레 의미심장한 미소를 지으며 말했다.

"다 의미가 있겠지요. 나중에 설명해 주십시오."

"네, 그러죠."

"바로 아이디어 회의가 있다고 하셨는데."

"네. 자료 정리가 좀 남았습니다."

부사장이 말했다.

"너무 무리하지 마시고, 몸도 좀 챙기십시오."

그의 말에 머쓱하고 웃었다.

"알겠습니다. 신경 써 주셔서 감사합니다."

그가 나가고, 소파에 털썩 앉았다.

'한 사람 더 필요하기는 한데…….'

이민호는 지금부터 몇 년 후에, 획기적인 강철 합금을 발명한 사람이었다.

문제는 그 혼자서 한 게 아니라는 것.

그와 함께 연구한 독일인이 있었다.

하지만 그의 이름도, 어디 소속되어 있었는지도 기억나는 것이 없었다.

'그래도 이민호를 찾고 나면 떠오르겠지.'

아무 연관 없는 두 사람이 우연히 함께 작업했을 리는 없으니까.

지금으로써는 퍼즐을 맞춰가는 기분이었다.

'하지만 그들이 어디에서 막혔는지는 알거든.'

물론 그들의 인터뷰가 모든 것을 말해 주지는 않을지라도.

기사를 보면서 얼마나 고심했는지는 느낄 수 있었고, 스스로를 뿌듯해 하는 것이 느껴졌다.

'그걸 푸는 데만 몇 년이 걸렸다고 했었지! 알고 보니 아무것도 아니었다고 했고.'

모든 걸 뒤로 하더라도, 그들은 충분히 가능성이 있었다.

결국 두 사람은 보란 듯이 결과를 보였고, 잠시간이지만 돈방석에 앉았었다.

'하지만 그 끝은 좋지 못했지.'

그 독일인이 재직하던 연구소에서 원천 기술을 빼 갔다고 소송을 걸었고, 그 여파로 순식간에 특허를 빼앗겼거든. 물론 알거지가 된 건 물론이고.

단지 그 연구가 시작되었을 때, 그 사람이 그 연구소에서 일했었다는 이유가 참작되어 독일 법원은 연구소의 손을 들어줬었다.

만드는 것만 생각했지, 지킬 능력은 없었던 거지.

물론 이민호는 변호사를 사는 등 전력으로 대응했지만, 당시 한국에서는 국제특허분쟁 자체가 생소했던 시기였던지라, 별다른 도움을 받지 못하고, 변호사 비용이라는 빚만 더 생겼지.

생각할수록 열불 치밀지 않아?

'그게 무슨 개똥 같은 경우냐고? 자기들은 그 시간이 되도록 개발을 못 했으면서 말이야.'

'춤은 곰이 추고, 돈은 장사꾼이 챙긴다'라는 말은 이런 경우를 뜻하는 것이리라.

'안타깝지만, 어설픈 내 기억력을 탓하는 수밖에.'

생각을 접고 자리에서 일어났다.

이제 설계를 진행해야 할 때였다.

영상 관람은 끝이 났는지, 한석이 분주하게 움직이다가 나를 보고는 인사를 건넸다.

"선배님, 오셨습니까?"

"그래. 고생이 많다. 다 걷었냐?"

"네! 거의 정리 끝났습니다."

한석이 설문지를 정리하며 말을 이었다.

"그런데 박람회 선배님들은 왜 안 오신 겁니까? 같이하는 줄 알고 있었는데 말입니다."

"아! 내가 오지 말라고 했다."

"왜요? 오랜만에 얼굴이나 뵈려고 했는데."

반가운 얼굴을 하는 한석을 보며 피식 웃었다.

'다 너희들 생각해서야.'

나중에 생각해 보니 직장 생활에 이골이 난 녀석들을 붙여 놓으면, 애초에 토론이 안 될 것 같았다.

'그러면 후배 녀석들, 주눅 들어서 창의적인 생각이 나올 수가 없거든!'

주변을 둘러보며 물었다.

"소피는?"

응당 있을 줄 알았는데, 보이지 않았기 때문이다.

"소피아는 공항에 갔어요. 귄터랑 어르신이 도착할 시간이라서 마중 나갔습니다."

대답과 함께, 그는 수북이 쌓인 A4 용지를 톡톡 쳐서 정리하고는 내게 내밀었다.

"의견은 많은데, 정작 얼마나 도움이 될지는 모르겠습니다."

어제까지 생각한 아이디어에 오늘 본 것까지 함께 적어낸 설문지들.

몇 장 뒤적여 보니, 별의별 말이 다 있었다.

터무니없는 의견도 많이 있었다.

'아니, 거의 대다수가 그렇다고 봐야겠지.'

녀석도 정리하면서 읽어 봤었는지, 굉장히 멋쩍어하고 있었다. 수준이 그것밖에 안 돼서 미안하다는 듯이.

그의 어깨를 토닥였다.

"고생했다, 진짜."

긴장하던 한석이 고개를 갸웃했다.

"진짜로 쓸 만한 게 없는데 말입니다?"

"그러니까!"

그게 정답이라며, 한석에게 웃어주었다.

딱 봐도 '정상적이다. 혹은 정리되었다'라는 것들만 있었다면, 화가 날 뻔했거든!

"이 녀석들의 강점은 물들지 않은 거 하나밖에 없거든!"

뜨악하는 표정으로 한석이 몸을 뒤로 젖혔다.

"에이. 그거 하나뿐이라뇨? 그래도 나름 한가락 하는 놈들입니다."

한석의 자신감에 저도 모르게 웃음이 나왔다.

"흐흐흐."

"어리다고 무시하시는 겁니까? 지금 당장 KT팀원들과 경쟁해도 맥없이 밀리지는 않을 겁니다."

한석이 눈을 부라리고 있었다.

'좋을 때구나. 무서운 게 없는 시기.'

4년간의 노력이 학점이라는 결과로 나타나고, 그것에 고무되어 인생이 장밋빛으로 보이겠지.

허나 네가 우물 안 개구리란 걸 깨닫는 데는 일 년도 안 걸릴걸?

'그러기에 지금 너희들의 의견이 필요한 거라고!'

피식 웃으며 물었다.

"너, 미장손에 맞아봤냐?"

"네? 그게 뭡니까?"

반문하는 녀석을 보며 작은 한숨이 나왔다.

'현장 가면 네가 만날 사람들이거든!'

고개를 절레절레 저으며 중얼거렸다.

"후우. 나중에 미장 데모도한테 엄청 맞겠구만!"

"네? 제가 왜 맞습니까?"

삼두근에 힘주는 녀석을 보며 말했다.

"나중에 알게 된다."

현장에는 직급 외에, 짬밥이라는 서열이 엄연히 존재한다.

기사 안전모를 쓰고 현장을 돌아다녀도, 실력으로 증명하지 못하면 아무도 인정해 주지 않는다. 간혹 성질 더러운 목수한테 걸리면, 되레 개무시 당하기 십상!

시멘트 가루가 날리는 먼지 구덩이에서, 적어도 몇 년은 굴러야 제대로 된 기사로 인정받는다.

그 기간은 대략적으로 현장 하나를 완전히 마무리 짓는 시간으로 정해진다.

'그걸 모르니, 저런 소리를 하지.'

녀석이 인상을 쓰거나 말거나, 설문지를 보니 나도 모르게 웃음이 나왔다.

"이런 게, 진짜 보물이지."

얼굴 가득 웃음을 보이는 내게, 한석이 물었다.

"그렇게 좋으십니까?"

'이런 자료들을 들고 어떻게 웃음이 안 나올 수 있을까?'

회의장 뒤쪽을 눈짓하며 말했다.

"저기 뒤에 팔짱 끼고 있는 최 과장 알지?"

한석이 즉각 답했다.

"당연히 알지 말입니다. 칼로 재단한 것처럼 현장을 진행하신다는 KT팀의 자랑, '깐깐돌이' 최 과장님 아니십니까?"

존경 가득한 눈빛을 보내고 있었다.

그를 포함하여 몇몇 과장은 한 교수의 간곡한 부탁으로 학교로 특강을 갔었기 때문에 후배들 대부분은 그를 알고 있었다.

한석이 감격에 겨운 소리로 말했다.

"선배님! 최 과장님이야말로 제 롤 모델이십니다."

'훗, 최 과장 현장을 보기나 했어?'

직접 봤다면, 칼 어쩌고 하는 표현이 많이 과소평가되었다고 생각했을 텐데.

'보통 사람들은 입이 딱 벌어지지. 마감은 더더욱 그렇고.'

그의 현장에는 타 건설사의 견학자들을 안내하는 직원이 따로 있을 정도였다.

그를 흐뭇하게 바라보며 말했다.

"저 사람이 우리 팀 4대 교두(教頭) 중 한 명이지."

"교두…… 라고요? 무협지에 나오는 금군 교두? 뭐, 그런 걸 말씀하시는 건 아니겠죠?"

"왜 아니겠어?"

"으엑! 촌스럽게시리……."

한석은 뜨악하며 손발을 오그라뜨렸지만, 그보다 더 어울리는 단어가 있을까? 신입이든 경력이든 그들의 밑에만 들어가면, 사람이 바뀌어서 나온다.

이른바 컴퓨터 기사라고 해야 할까?

'현장 기사'라는 타이틀에 딱 어울리는 실력과 배짱을 가지게 되니까.

"그 네 사람 덕에 이렇게 발전할 수 있었던 거야."

"그럼 KT팀의 명성도 그분들이?"

솔직히 인정하며 고개를 끄덕였다.

그 넷이 없이 나 혼자서 했었다면, 그렇게 많은 현장을 동시에 돌린다는 건 어림도 없는 일이었으니까!

한석이 의아하게 물었다.

"그럼 선배님이 하신 건 뭡니까?"

"뭐긴 뭐야? 난 그 사람들의 교두였지!"

한석이 나를 삐딱하게 쳐다봤다.

믿을 수 없다는 표정으로.

"왜?"

하지만 이내 고개를 돌렸다.

"아닙니다."

익숙한 반응이었다.

이런 내 말을 아무도 믿지 않았으니까? 그저 어디서 저런 괴물들을 뽑았느냐고 부러워할 따름이었다.

'최 과장이 첫 현장 사우디아라비아부터 따라와서 고생 많이 했지.'

최 과장이 내가 보고 있다는 걸 알고는, 꾸벅 고개를 숙였다.

옆에서 꿍얼거리는 소리가 들렸다.

"거 참. 저러니, 안 믿을 수도 없고."

손에 든 설문지를 툭툭 치며 말했다.

"저 사람들이 할 수 없는 게 이런 거다."

"에이, 최 과장님이 얼마나 전문가이신데요. 전 저분 특강 듣고 감동했습니다. 인간이 어디까지 현장을 완벽하게 이해할 수 있는지……."

한석의 말이 이해가 가지 않는 바는 아니었다.

자기들이 할 수 있는데, 전문가이고 뛰어난 최 과장이 왜 못하겠냐는 반문이겠지.

하지만 하나를 얻으면, 하나를 잃는 법.

평범을 초월하는 완전함을 위해서는, 그렇지 못한 모든 것을 배제해야 한다. 창의적 생각이란, 어쩌면 완전함과 반대편에 위치하는 걸지도 모른다.

"저울의 양 끝단과 비슷한 관계 아닐까?"

"그게 무슨 말씀이십니까?"

손에 든 설문지를 보이며 물었다.

"넌 최 과장 같은 사람이 이런 설문을 작성할 수 있다고 생각하냐?"

되지도 않는 소리를 들은 듯, 한석이 귀를 후볐다.

그러고는 따지고 들었다.

"선배님! 무슨 그런 뚱딴지같은 말씀을 하세요? 저분이 어떻게 이런 말도 안 되는 걸 한단 말입니까? 하실 리도 없지만."

정확히는 할 수 없다는 표현이 맞겠다.

시도도 하지 않겠지만!

"내 말이 그 말이야."

"……."

"이런 생각은 아주 특별한 사람만이 할 수 있어."

특별하다는 말에 호기심을 보이며 물었다.

"어떤…… 사람을 말씀하시는 겁니까?"

"한 번도 직장 상사에게 까여 보지 않은 사람!"

"네?"

달리 말하면, 딱딱한 현실에 머리를 맞아 보지 않은 부드러운 뇌를 가져야 한다는 말이다.

인상 쓰는 녀석에게 말했다.

"선배님, 저 예비……."

녀석의 말을 끊었다.

"군대를 직장이라고 하지 마라."

직장은 제대 만기가 없는 군대와 같다.

"쳇!"

과연 최 과장처럼 완벽한 현장감을 지닌 사람이 시작부터 어설픈 건축물을 상상할 수 있을까?

보는 순간 흠잡을 부분부터 눈에 들어올 텐데.

"안타깝지만 직장인들은 이런 아이디어를 낼 수 없어. 이건 사실이다."

그리고 그건 내게도 해당하는 사항이었다.

한석의 등을 떠밀며 말했다.

"이제 시작해 볼까? 넌 자리로 들어가라."

이제 이 손안의 터무니없는 생각을 꿰어 보물로 만들 시간이었다.

단상으로 걸어가 마이크를 들었다.

"김성훈입니다. KT팀에 후배님들을 모시게 된 걸 영광으로 생각합니다."

후배들이 우렁찬 목소리로 답했다.

"저희가 영광입니다. 선배님!"
"만나 뵙고 싶었습니다. 선배님!"
"감사합니다. 선배님!"
"꼭 입사하고 싶습니다. 선배님!"
각자 저마다의 소리로 힘차게 답사를 했다.
50명 남짓한 그들을 보며 말했다.
"반가운 후배들을 만났으니……."
초롱초롱한 그들의 눈을 보며 말을 이었다.
"존칭은 생략하겠다."
녀석들이 이구동성으로 말했다.
"당연한 말씀이십니다. 선배님."
인사는 끝났다.

설문지를 뒤적이며 말했다.
"시간이 없으니, 바로 본론으로 들어가겠다."
"예!"
몇 장 넘기지 않아, 손이 멈췄다.
"벙커를 만들고 싶다고 말한 사람!"
한 녀석이 자리에서 일어났다.
"네! 접니다. 선배님. 98학번 이주영입니다."
그의 얼굴을 힐끗 보고는 말을 이었다.
"반갑다. 벙커를 만들고 싶은 이유는?"
자신이 첫 타자가 되리라고는 생각지 못한 모습.
살짝 긴장한 모습으로 답했다.

“원하는 건 무엇이든지 써내라고 하셨습니다. 구조적인 건 신경 쓰지 말라고 하지 않으셨습니까?”

‘흣! 그랬지.’

일단 녀석이 원하는 것이 뭔지를 알아야 했다.

‘하지만 이렇게 말로 설명하라는 건 아니었지.’

피식 웃으며 녀석에게 물었다.

“밀덕(밀리터리 덕후)이냐?”

정곡을 찔렀던 것인가?

녀석의 얼굴이 시뻘게졌다.

덕후라는 게 부끄러울 일은 아니겠지만, 덕후가 스스로 덕후라고 하던가?

말문이 막힌 이주영의 옆에 있던 녀석이 킥킥거리며 말했다.

“맞습니다. 선배님, 이 녀석 완전 덕후입니다.”

이주영이 인상을 쓰면서 그를 발로 툭 찼다.

“이 새끼. 감히 덕후라니…… 애호가거든!”

하지만 친구 사이에 그런 협박이 통할 리 있나?

되레 놀릴 기회를 잡았다는 듯, 말을 이었다.

“이 자식. 탱크 몰고 싶어서 빽으로 기갑부대 간 또라이입니다. 얘네 외삼촌이 군단장이시거든요.”

한석이 옆에서 눈을 부라리고 있는데도, 서슴지 않고 말하는 것이 마음에 들었다.

‘쾌활한 녀석이네.’

나도 딱딱한 분위기보다는 자유로운 토론 분위기를 원했

었고.

그사이 이주영은 옆자리 녀석의 관자놀이에 니킥을 날리고 있었다.

"윽!"

"자주포 몰았거든! 새끼야, 조또 모르는 게!"

하지만 더 분위기가 소란스러워지는 것도 좋지 않다.

딱 필요한 만큼만 부드럽게.

"주목!"

장내가 조용해지는 걸 확인하고 말을 이었다.

"자주포 모느라 고생 많았다."

"감사합니다."

"그런데 왜 벙커를 생각한 거냐?"

"돈 많은 사람이 살 거 아닙니까? 그리고 선배님 콘셉트대로라면, 산으로 이사 가는 사람도 있을 거 아닙니까?"

"그렇지!"

하긴 어디를 가든 그건 집주인 마음 아닌가?

내 수긍에 힘이 붙은 듯, 제 의견을 말했다.

"그러면 침입하는 사람도 있을 겁니다."

"가능한 이야기지."

"그럼 지켜야지요. 그건 권리 아닙니까? 그런 경우를 대비해서 벙커를 고안한 겁니다."

제 흥에 겨워 신이 나서 이야기하고 있었다.

최악의 상황을 가정한 거지만, 말이 되지.

집의 가장 큰 목적 중의 하나는 편안한 쉼터다.

고개를 끄덕이며 물었다.

"좋아! 그럼 어떻게 만들 건가?"

"네? 그냥 쓰라고만……."

단순한 녀석!

시킨다고 시킨 것만 하냐?

녀석에게 눈썹을 찌그러뜨리며 물었다.

"너 소설 지망생이냐?"

"네?"

"건축가가 글로 말하느냐는 말이다."

예상 못 한 물음에 당황하는 녀석을 보며 피식 웃었다.

"나한테 만들어 달라? 그거야?"

"아, 아니, 그건 절대 아닙니다."

"내가 생각하는 벙커와 네가 생각하는 건 다를 거다. 안 그런가?"

"네. 아마 그럴 겁니다."

"난 네가 상상하는 벙커를 묻고 싶었던 거다. 네 머리에서 만들어 진 벙커를. 무슨 말인지 알겠어?"

녀석은 멋쩍은 듯 뒷머리를 긁었다.

"네, 알겠습니다."

"그래도 벙커라는 아이디어는 좋았다."

"정말이십니까?"

고개를 끄덕였다.

때로는 터무니없는 생각이 명작을 만들어 낸다.

녀석들이 원하는 것을 조합하다 보면, 사람들이 원하는 궁극적인 집의 형태가 나올지도 모른다.

내가 원한 것이 이런 거니까.

얼굴이 밝아진 그에게 말했다.

"시도해 볼 만하다. 네 녀석이 제대로 된 디자인만 가져온다면……."

"네, 알겠습니다. 당장."

"그럼 앉아."

"네, 선배님."

이주영이 시시덕거리며 앉더니, 주섬주섬 종이를 모아 그림을 그리기 시작했다.

그 뒤에 나온 의견은 물에 반쯤 잠긴 집.

복층 구조로, 아래층은 물에 잠기고, 위층은 하늘을 보는 구조였다.

이 의견을 제출한 녀석은 낚시광이었다.

단지 집 밖으로 바로 낚싯대를 드리울 수 있다는 단순한 이유로 이것을 제안한 것이다.

그 뒤로도 이와 비슷한 의견이 나오기 시작했다.

나무 위의 집.

허클베리 핀의 광팬인 녀석의 의견.

어떻게 지을 것인지는 도외시한 상상속의 작품들.

마지막 페이지까지 발표가 끝났다.

아직은 전혀 가공되지 않은 아이디어지만, 이제 녀석들의 손을 거치면 실체를 드러낼 것이다.

손에 든 설문지를 정리하며, 후배들에게 말했다.

"좋다. 이걸 제안한 너희들이 그 건물의 장점에 대해서 가장 잘 알 거라 생각한다."

고개를 끄덕이는 녀석들을 둘러보며 말했다.

"또한, 그 장점을 살리려면 어떤 디테일이 표현되어야 하는지도 누구보다 잘 알겠지?"

당연한 말씀.

녀석들의 눈이 빛났다.

"앞서 말했다시피, 구조적인 부분은 생각하지 마라."

건축에서 구조란, 건물을 구성하기 위해 가장 먼저 고려되어야 하는 것!

건축 구조는 인간이 존재했던 그 시절부터 발전을 거듭했고, 누적된 기술은 인간에게 하늘을 찌르는 마천루를 만드는 것을 가능하게 했다.

'하지만 구조에 너무 얽매이다 보면, 상상력의 한계에 부딪히지.'

지구의 중력을 이기기 위한 것이 구조.

하지만 건축가에게 구조란 양날의 검이 아닐까?

상상하는 것의 대부분은 구조라는 거대한 벽 앞에서 무릎을 꿇는다. 그래서 일부러 구조를 생각하지 말라고 했었다.

녀석들이 최대한 상상력을 발휘할 수 있도록.

"창문이 얼마나 커지던, 그래서 창의 경첩이 창 무게를 못 버티면 어떡하나? 그런 생각 따위는 하지도 마라. 그냥 그려라."

말을 이었다.

"너희들이 머리에서 상상한 것들이 현실로 구현되는 것을 지켜보게 될 것이다."

요는 시간문제가 아닐까?

과학과 기술은 시간이 흐를수록 발전하며, 어제의 불가능은 오늘의 당연함으로 바뀐다.

그런 세상에서 우리는 살고 있었다.

회의를 마치며, 한석에게 말했다.

"넌 이 녀석들 도면이 정리되는 대로, 박람회팀에 넘겨라."

"넘기기만 하면 됩니까? 보람 선배한테요?"

"응. 녀석들이 보고 나면 반응이 있을 거다."

한석이 미간을 좁히며 물었다.

"어이없다고 하지 않을까요?"

'어이없다고만 할까? 이걸 어떻게 만들라는 거냐며 따지고 들걸!'

생각은 별개로 하고, 한석을 보며 말했다.

"내 후배가 그런 소리 들어서 되겠어? 어떻게 해야 비웃음 당하지 않을지 고민해 봐. 또 알아? 너희들이 만든 걸 보고 보람이가 놀래 자빠질지?"

내 격려에 한석은 의욕을 불태웠다.

"염려하지 마십쇼! 선배님의 이름에 절대! 누가 되지 않도록 하겠습니다."

'훗, 녀석!'

등을 토닥이며 말했다.

"힘내. 좋은 경험이 될 거다."

한석에게든, 박람회팀에게든!

누군가에게는 새로운 경험이!

다른 누군가에겐 인내심의 끝을 확인하는 경험이.

"라스베가스 현장은 공기에 차질 없겠습니까?"

"아! 귄터와 대목장 어르신이 빠진 것 때문에 그러시는 거라면, 염려하지 않으셔도 됩니다."

"인수인계가 잘된 모양이죠?"

"네. 덕분에 민수가 좀 바빠졌습니다만, 그래도 마감까지는 무리 없을 것 같습니다."

그 말에 누군가가 끼어들었다.

"이봐! 박 과장! 민수 좀 적당히 부려 먹어! 우리 일도 봐줘야 하는데, 거기서 오버 워크 해버리면, 여기 와서 퍼질 거 아냐?"

"그럼 거기서 좀 쉬게 하던가? 우리는 현장이 빡빡해서 안 돼. 정 할 말 있으면 대목장 어르신한테 직접 말씀드리던가!"

각 현장의 전통 건축 인테리어를 총괄하는 대목장의 이야기가 나오자, 천 과장은 투덜거리던 입을 다물었다.

"하여간 시간 안 늦게 보내줘. 모스크바 호텔 사장이 몸 달았다고."

"결국, 빅토르 집에 인테리어 해주기로 얘기된 거냐?"

"어쩌겠어? 안 해주면 호텔 공사 안 주겠다는데! 대신에 호텔 인테리어 통째로 다 먹었으면 남는 장사지, 뭐! 그 정도는 괜찮지 않습니까? 팀장님?"

이미 보고받은 사항이지만, 다시 들어도 뿌듯했다.

'현장에서 바로 영업을 할 정도로 강력한 영향력을 발휘하고 있단 증거라고.'

그 말에 피식 웃으며 말했다.

"유라시아 지부장께서 저한테 그런 걸 물으시면 안 되죠. 그 정도는 재량껏 하십쇼?"

각 현장의 인원 배치에 대해서는 내가 특별히 신경 쓰지 않아도 될 정도로, 각 교두간의 교류가 활발히 진행되고 있었다.

한국을 비롯한 동아시아는 최 과장, 유라시아권은 방금 천 과장, 미주대륙은 박 과장, 유럽은 심 과장이 각각 맡아서 현장을 돌리고 있었다.

내가 하는 거라고는 전체적인 총괄과 급해진 현장의 지원 정도랄까?

'좋아. 문제없이 돌아가고 있군.'

회의를 마칠 시간이었다.

"그럼 이걸로……."

"아 참! 팀장님."

박 과장이 다급하게 말을 이었다.

"압둘 왕자 좀 어떻게 해주시면 안 됩니까?"

'응? 미국에서 갑자기 압둘이 나와?'

의아해하자 그가 설명을 이었다.
"아까 저녁에 압둘 왕자가 절 찾아왔습니다."
"왜요?"
"미국 순방 중인데, 잠시 들렀다고요."
"아! 맞다. 그랬지. 그런데요?"
압둘이 그를 곤란하게 할 일이 뭐가 있을까?
박 과장이 어깨를 으쓱했다.
"몇 번이나 전화했는데 씹으셨다던데요?"
"훗! 귀찮은 전화가 몇 통 오기는 했죠."
대수롭지 않게 말하자, 박 과장이 물었다.
"무슨 얘기를 하셨기에, 그 양반이 공모전 때문에 그리 안달을 낸답니까?"
"글쎄요? 별말은 안 했습니다만."
맘에 들면 인센티브를 더 달라는 말밖에 더했나?
"하여간 내일 아침에도 같이 식사하자고 조르는데, 공모전 얘기밖에 더하겠습니까? 아는 것도 없는데, 영 불편합니다."
투덜대는 그에게 웃으며 말했다.
"왜요? 만들어 두면 도움이 되는 인맥인데. 대하기도 편하고."
"대하기가 편해요?"
그가 콧방귀 끼며 말을 이었다.
"팀장님한테나 그렇지. 전 압둘 왕자 그 양반, 영……."
"왜요?"

"깍쟁이기도 하고, 하여간 전 싫습니다. 그래도 차기 왕인데 뭐라고 하기도 그렇고……."

'이제 압둘도 충분히 뜸이 들었겠지. 저렇게 안달을 낼 정도면 말이야.'

대놓고 인상 찌푸리는 그를 안심시켰다.

"알겠습니다. 제가 이따 전화할 테니까, 그 스케줄은 없는 거로 여기시면 됩니다."

"그래 주시겠습니까? 감사합니다. 팀장님, 아우. 그 양반, 어찌나 집요하게 묻던지, 진땀을 뺐습니다. 하하하."

큰 걱정을 놓은 듯, 그의 목소리가 밝아졌다.

"다른 분들은 더 하실 말씀 없으세요?"

"네! 끝났습니다."

"그럼 각 현장 간의 인원 이동은 과장님들이 협의하시고, 문제가 생길 것 같으면 미리 연락 주세요."

"알겠습니다. 팀장님."

모니터에서 팀장들의 얼굴이 하나씩 사라졌다.

의자를 뒤로 젖히며, 시선을 천장으로 향했다.

'이제 입주자 대표하고 통화를 해봐야 할 시간인가?'

며칠 전 압둘에게서 전화가 왔을 때는 건축물의 확실한 모양이 나오지 않아서, 대충 얼버무리고 말았었다.

'이미지가 확실하지 않으면, 말하기 곤란하다고.'

압둘에게는 그 이미지조차 없을 터!

이제는 내 쪽으로 잘 끌어오기만 하면 될 일이었다.

압둘이 완성 전에 또 전화를 해대기에, 그때는 아예 착신 거부를 했었지.

미간을 찌푸리며 머리를 굴렸다.

'현재 사장단에게는 감성팔이가 먹혔는데, 압둘에게도 먹힐까?'

일단 해보고, 안 되면 다음 수를 쓰면 될 터.

'세계 최초, 유목민, 뻗어 가는 미래…….'

압둘이 혹할 만한 단어를 머릿속으로 나열하기 시작했다.

화상회의가 끝나기를 기다렸다는 듯, 노크 소리가 들렸다.

똑! 똑!

"네, 들어오세요."

한석이 빼꼼 머리를 들이밀었다.

"선배님, 회의 끝나셨습니까?"

설문지 회의 관련으로 왔으리라.

'미국 시각으로 아침이면 아직 시간이 있지?'

"들어와라. 도면은 잘 전달했고?"

"네, 오전에 박람회팀에 넘겼습니다."

자신만만한 표정이었다.

'보람이가 그냥 알았다고 할 리가 없는데?'

"줘 봐."

한석이 들고 있던 도면을 내밀었다.

쓱 보고는 한석에게 시선을 던졌다.

"이대로 갖다 준 거냐?"

"네!"
무슨 문제라도 있느냐는 당당한 표정.
'백문이 불여일견이지.'
한석에게 물었다.
"보람이는 없었던 모양이네?"
하지만 아니나 다를까, 예상했던 답이 나왔다.
"네. 안 계셔서, 부하 직원에게 넘겼습니다."
그럼 그렇지.
보람에게 깨졌으면 저렇게 웃고 있을 리도 없고!
"흠. 그래서 보람이는 못 보고 왔다?"
녀석이 건들거리며, 옷깃을 세웠다.
"훗! 보람 선배가 봐도, 할 말은 없을 겁니다. 제가 봐도 완벽한 도면이었는데!"
"오! 대단한 자신감!"
"저만 믿으시라니까요."
"언제 갖다 줬는데?"
"출근 시간에 맞춰서 갖다 드렸죠."
"보람이는 언제 온다디?"
"점심 전에는 온다고 했습니다. 지금 두시니까……."
"흠. 그러냐?"
녀석의 말에 고개를 끄덕이며 말을 이었다.
"그럼 지금쯤 올 때가 됐는데……."
"누가 말입니까?"
"누구긴. 보람……."

말이 채 끝나기도 전에, 문이 벌컥 열렸다.
"야! 팀장! 이거 너무한 거 아니냐?"
들어오기 무섭게, 대뜸 보람이 따지고 들었다.
어이없다는 표정의 그에게 어깨를 으쓱했다.
'뭐?'
보람이 콧등을 찡그리며 말했다.
"지금 이걸 만들라는 건 둘째 치고……."
말하던 중간에 크게 한숨을 내쉬었다.
"휴! 이걸 지금 도면이라고……. 어떤 놈이 그린 거냐?"
한심하다는 보람의 말에 한석이 반박했다.
자신했던 도면인데 타박을 받으니 당연한 이치.
"도면이 어째서 말입니까?"
보람이 나를 보며 한석에게 눈짓했다.
'누구냐?'
한석이야 그의 얼굴을 기억한다지만, 보람의 입장에서는 3년 전에 잠시 본 것뿐이니, 기억할 리가 만무했다.
한석이 얼른 나서며 말했다.
"저 한석입니다. 예전에 서울에서 졸업 작품전 할 때 뵀습니다. 그때 군복 입고 있던……."
"아! 그때! 한석이구나. 오랜만이네."
그러고는 말을 이었다.
"그런데 왜 네가 반박하는 거냐?"
무슨 상관이냐는 의미였다.
"제가 도면 제출한 겁니다. 그건 저희 과 친구들 도면이

구요."

그의 말에 내가 설명을 덧붙였다.

"한석이 애, 지금은 우리 과 학생회장이다."

"아! 맞다. 팀장 후배였지. 깐죽대다가 맞던……."

한석은 불쾌한 듯 말을 끊으며, 다시 물었다.

"그렇습니다. 선배님! 도면이 뭐가 문제인지나 말씀해 주시죠."

보람은 찜찌름한 표정을 지으며 말했다.

"너희가 그린 거였냐? 이 도면?"

"네!"

"어쩐지……."

보람은 그제야 이해가 된다는 듯 고개를 끄덕였지만, 한석은 오히려 더 기분이 나빠진 모양.

꾹 다문 입술로 심기 불편함을 표출하고 있었다.

"그러면 그렇다고 진작 말을 하지. 난 또 다른 팀 신입인 줄 알고 작살을 내놓으려고 했더니. 쩝."

한석의 표정이 더욱 굳어갔다.

'대체 얼마나 마음에 안 들었으면 작살까지 말하는 거냐?' 하는 표정.

나름 한가락 하는 녀석들의 수장.

꾹 참던 한석이 결국 입을 열었다.

"보람 선배, 말씀이 심하십니다. 그럼 신입이 아니라서 작살 내지 않는다는 말씀이십니까?"

보람이 눈짓으로 물었다.

'팀장, 이거 어떡하냐? 한번 조져 봐?'

그의 난감한 표정에 눈썹을 으쓱하며 대꾸했다.

'한판 하자는데, 무시하면 예의가 아니지.'

내 눈짓을 이해했는지, 보람이 미간을 좁혔다.

'실전 모드로?'

어이쿠! 이 친구야! 진짜로 해서 되겠어?

프로에게 내상을 당하면, 그 상처는 오래간다.

'써먹기도 전에 망가뜨릴 셈이냐?'

눈을 부라리며 보람을 얼렀다.

'적당히 해라! 내 일에 지장 가지 않게끔.'

내 어정쩡한 허락에 보람은 뺄쭘한 얼굴로 입맛을 다셨다.

"하긴. 그래도 우리 성훈이, 아니, 팀장님의 귀여운 후배들인데, 내가 어떻게 그러겠냐?"

우리 둘의 의견 교환을 알 리 없는 한석이 심통을 부렸다.

"보람 선배! 제가 선배님 후배란 게 이 건하고 무슨 상관이 있습니까?"

선배님이란 존칭까지 생략하고 있었는데도, 한석은 눈치채지 못할 만큼 흥분해 있었다.

하지만 그게 뭐 그리 중요하랴.

한석이 투덜거리면 말을 이었다.

"KT 신입으로 생각하시고 말씀해 주십쇼!"

보람은 어이없는 표정을 지었다.

한석이 전달한 도면을 처음 봤을 때보다 더 어이가 없었으리라.

'다른 회사도 아니고, KT 신입하고? 당치도 않은 소리를…….'

하나 보람의 입장에서, 어찌 까마득한 후배와 말싸움을 할 수는 없는 노릇!

그는 허탈한 표정으로 작게 한숨을 쉬었다.

"휴, 한석아."

"네!"

도전적인 한석에게 그가 입맛을 다시며 말했다.

"쩝. 도면은 말이야, 약속이야."

"그런 건 저도 압니다, 선배."

"네가 하는 말을 다른 사람이 알아들어야 한다고."

"당연하죠."

안다는 데 무슨 설명이 필요하랴!

보람은 자신이 들고 온 도면을 책상에 올렸다.

그리고 물었다.

"무슨 말인지 알겠냐?"

깔끔하게 정리된 도면.

'새로 그린 도면이군.'

한석에게 받은 것에 비해, 불필요한 선들은 정리되고, 꼭 필요한 항목만이 나열되어 있었다.

아까의 도면이 잡다한 설명과 장식으로 눈이 어지러웠다면, 지금은 눈에 쏙쏙 들어오는 느낌이랄까?

전문가가 아니라도, 이렇게 느낄 것이다.

'도면에서 빛이 나네?'
한석이라고 그걸 모르랴!
보는 순간 녀석의 얼굴이 굳었으니까.
보람이 차분한 목소리로 말을 이었다.
"너희끼리만 알아보면 되는 게 아니란 말이지. 관련자 누가 봐도 한 번에 알아볼 수 있어야 하는 거라고."
보람은 길게 설명하지 않았다.
그냥 보여주고 깨닫게 할 따름이었다.
삼 년 전 보람의 모습만 기억하고 만만하게 여기던 한석에게는 이런 상황이 충격이었던 모양!
뻣뻣하게 들고 있던 녀석의 고개가 한층 수그러졌다.
그 둘을 보며 자연스레 미소가 지어졌다.
'실력 차이란 이런 거지.'
진정한 실력자는 말을 앞세우지 않는다.
그저 보여줄 뿐.
한석이 뻘쭘하게 웃으며 물었다.
"아까 제가 드린 도면하고 다른데요? 완전히!"
내 앞에 놓인 도면을 힐끗 보며 하는 말이었다.
"당연하지!"
보람이 입술을 쭈그리며 말을 이었다.
"그 도면 보고 처음부터 새로 그렸다."
"엥! 그러실 거면, 원본 파일을 달라고 하시지."
미안한 표정의 한석에게 보람은 기가 찬다는 듯 혀를 찼다.
"그거 보고 뭘 하라고? 레이어 다 찾아서 늘리고 줄이라고? 돌았냐?"

책상의 도면을 툭툭 치며 말을 이었다.

"그럼 하루 꼬박 새워도 이거 못 그린다. 그냥 새로 그리는 게 더 빨라."

동기들이 애써 그린 도면이 아무짝에도 쓸모없다는 말!

하지만 이번에는 한석이 대들지 않았다.

오히려 한석은 급 공손해진 표정으로 말했다.

"죄송합니다. 선배님."

"아냐. 학생들한테 이런 걸 바라는 건 무리지."

순간 한석이 움찔했지만, 다시 공손하게 물었다.

"그런데……. 선배님."

"응? 왜?"

돌아보던 보람이 옆으로 스윽 비켜섰다.

"왜 이래? 징그럽게. 저리 안 가, 자식아!"

손 비비며 다가서는 한석을 향해 삿대질했다.

"야! 거기 서서 말로 해!"

"큥!"

접근을 저지당하자 못내 아쉬운 듯, 한석은 콧방귀를 끼고는 말을 이었다.

"그런데 왜 이렇게 차이가 나는 겁니까?"

"엥? 그걸 몰라?"

한석이 쑥스러움에 헛기침하며 고개를 갸웃했다.

"큼! 수준이 다르다는 건 알겠는데……."

왜 그렇게 되었는지 과정을 모른다는 말.

'훗! 인정은 빠르네.'

콧잔등을 찡그린 보람이 타박하고 있었다.

"야…… 이거 우리 과 신입이면 대가리부터 심어놓고 시작하겠는데, 그럴 수도 없고. 원 참!"

그러지 못하는 게 안타깝다는 듯, 보람이 말을 이었다.

"안 보이냐? 눈은 놔두고 뭐해? 선 굵기 다 다른 거 안 보여?"

도면을 손가락으로 두드리며 말했다.

0.1㎜, 0.01㎜의 미세한 차이일지라도, 도면에는 확실하게 드러난다.

"그건 저도 보입니다. 눈 있으니까."

"용도에 따라서 적절하게 구분해서 써야지. 막무가내로 선 설정만 한다고 도면이 정리되는 게 아니야."

보람이 선을 가리키며 말을 이었다.

"콘크리트 벽의 외곽선은 0.2㎜, 미장 마감선은 0.03㎜, 중심선은 0.1㎜ 일점쇄선……."

한석이 알겠다는 듯, 고개를 주억거렸다.

"으흠! 그런 식으로 정리하셨구나."

"적어도 이 도면을 보는 사람이 우리란 걸 알았다면, 우리에게 맞췄어야지. 그게 대화 아니냐? 독일인한테 중국어 쓴다고 통하냐고?"

"미처 생각 못 했습니다. 선배님."

거듭 사과하는데, 보람이라고 더 말할 수 있으랴.

톤을 낮추며, 설명을 이어갔다.

"도면 정리하기 전에 우리가 어떤 식으로 일하는지 물어봤어야지. 안 그러냐?"

보람이 한석의 도면을 가리켰다.

"특히 이 지시선, 너희 딴에는 친절하게 설명하려 했다는 건 알겠는데 지저분하다고. 아무 데나 마구 남발하지 말고, 특별히 상대가 주의해야 할 사항이 있다면, 우측 상단에 넘버별로 정리. 폰트는 깔끔하고 눈에 잘 띄게 맑은 고딕체로!"

"네. 알겠습니다."

"이게 약속이란 거야. 어, 왜?"

한석이 아까와는 확연히 다른, 존경의 시선으로 엄지를 세워 들었다.

"와! 선배님. 대단하십니다. 확실히 그렇게 들어가니까 도면 느낌이 팍 사네요!"

"훗. 당연하지."

"역시! 선붸……."

채 말이 끝나기 전에 보람이 말을 이었다.

"내가 이거 때문에 성훈이한테 얼마나 갈굼 당했는지 알아?"

한석이 콧잔등을 찌그러뜨렸다.

"엑! 보람 선배가 만드신 거 아니었어요?"

"일일이 배워서 만든 거니까, 성훈이가 만든 거나 진배……. 어쭈! 요 녀석 봐라! 대번 눈빛이 바뀌는데?"

하지만 그것도 잠시 한석이 그에게 다가갔다.

"잠시만요. 보람 선배."

“어! 왜? 저리 안 가?”

보람이 뒤로 한 걸음 물러섰지만, 한석은 재빨리 따라붙었고, 작은 소리로 말했다.

“도면 파일 좀 얻을 수 있을까요? CTB 파일도.”

CTB 파일이란, 프린터에 출력할 때 선을 어떻게 출력할 것인지, 그 색상과 굵기, 종류 등을 설정해 둔 파일을 말한다. 적어도 그게 있으면, KT팀과의 정상적인 교류는 가능하리라.

그래도 도면 기법은 좀 더 가다듬어야겠지만.

‘그게 무슨 기밀도 아니고.’

보람도 그에 화답하듯 작은 소리로 응했다.

“직접 얘기해. 자식아! 성훈이한테.”

‘그렇지! 녀석! 나한테 달라고 하면 될…….’

내 귀로 녀석의 소곤거림이 들려왔다.

“아시잖습니까? 우리 선배님 발 버릇 안 좋은 거.”

그 말에 내 표정이 일그러졌다.

등 돌린 녀석에게는 안 보이겠지만!

‘저게 아주……. 뭐! 발 버릇?’

내 표정을 봤는지, 보람이 눈썹을 으쓱했다.

‘성훈아, 이렇게 말하는데? 줄까?’

그의 물음에 한숨 쉬며 고개를 끄덕였다.

‘휴. 그래. 줘라. 잘해보겠다는데.’

그게 뭐 그리 중요하다고.

어느 회사나 다 자신들만의 플롯 형식이 있다.

보기 좋은 도면과 그렇지 않은 것 사이에는 엄연한 수준 차이는 존재하겠지만.

보람이 선심 쓰듯 말했다.

"이따 시간 날 때, 우리 과에 들러."

한석이 싱글벙글하며 허리를 넙죽 숙였다.

"네! 감사합니다. 선배님!"

보람에게 물었다.

"단지 이거 때문에 온 건 아닐 테고."

도면 정리는 기본 중의 기본! 캐드 사용자라면 약간만 적응하면 되는 일.

보람이 당연한 듯이 고개를 끄덕였다.

"쩝. 뭐 이건, 말 나온 김에 하는 거고!"

보람이 한석을 힐끗거렸다.

'재 있는 데서 말해도 되냐?'는 거겠지.

"우리 애들 관련된 거냐?"

보람이 말없이 고개를 끄덕였다.

"괜찮아. 말해, 어차피 녀석이 대표니까, 전달도 이 녀석이 할 거고."

"이번에 진행하는 콜라보 방식 때문에 말이야."

"그게 왜? 애들 직접 만나지 말라고 한 거?"

"그렇지."

보람이 진지하게 고개를 끄덕였다.

"너도 동의했던 부분이잖아. 그런데 왜 지금 와서 그런 말을 하는 건데?"

내 추궁에 그는 자신이 그린 도면 옆에 원래 도면을 놓고는 내 앞으로 밀었다.

"사실 수정해서 작업하려고 들면 안 될 건 없는데……."

단순히 도면 품질을 비교해 달라는 말은 아닐 터, 두 도면을 들고 찬찬히 비교했다.

"흠…… 자세히 보니 꽤 바뀌었네?"

눈치챌 줄 알았다는 듯, 보람은 고개를 끄덕였다.

의도를 이해 못 한 한석이 물었다.

"도면이 바뀌다뇨? 왜요?"

하지만 지금은 도면 비교가 더 급했다.

보람의 의도가 뭔지를 알아야 하니까.

미세한 변화를 하나하나 짚어갔다. 그리고 자연스럽게 고개가 끄덕여졌다. 전문가다운 손길로 세밀한 부분까지 신경 썼다는 게 느껴지는 변화였다.

'많이도 바꿨네.'

하지만 모든 변화가 긍정적인 것은 아니었다.

절대로 바뀌면 안 되는 것도 있었으니까.

보람의 입장에서는 당연할지 몰라도, 건축가의 입장에서는 당연하지 않은 것!

속으로 작게 한숨을 내쉬었다.

'도면의 깔끔함에 가려 본질을 무시하는 우를 범할 뻔했군.'

이런 것 때문에 후배들을 직접 대면하지 말라고 했던 건데.

하지만 보람에게 무작정 효율성 없는 작업을 강요할 수는 없었다.

도면을 내려놓고 보람에게 물었다.

"결론은 너희들이 작업할 공간이 없다는 거지?"

"역시! 척하면 척이네. 설계 원본은 최대한 안 건드리려고 했는데도, 그게 한계야."

한석이 조심스럽게 물었다.

"저. 선배님들……."

그의 말을 자르며 말했다.

"한석이는 이따가 얘기하자. 보람이랑 얘기 먼저 끝내고."

단호한 말에 한석이 입을 다물었다.

"네 말은 설계 프로세스를 완전히 바꾸자는 말인 것 같은데."

"그래, 매번 이렇게 수정하면서 작업할 수는 없는 거 아니냐?"

지금까지의 전형적인 건축계의 일 처리 방식은 협업이라기보다는 일방적인 상하 관계였다.

특별한 문제가 없는 한, 각 공종 전문가는 건축가의 의도대로 관련 첨부 도면만 그려주면 되는 것이었다.

"지금은 상황이 다르니까, 처음부터 공조를 해야 한다?"

"그렇지. 움직임이 없는 건축물이라면 이런 도면으로도 가능해."

충분히 일리 있는 말이었다.

보람이 조심스럽게 말을 이었다.

"내가 보기엔 이건 집이 아니라, 기계의 집합체라고 봐야 돼."

"그런 시각으로 접근하는 것도 한 방법이겠지."

내 수긍에 보람이 도면을 비교하며 설명했다.

"여기 이 덧문만 봐도 그래."

아까 보람이 내민 건, 어제 이주영이 말했던 벙커의 개념을 도입한 도면이었다. 기존의 건물에서 벗어나는 개념은 많았지만, 그중에서도 가장 눈에 띄는 건 건물 외벽이 움직인다는 것.

'벙커답다고 해야 할까?'

평소에는 외벽에 붙어 있다가, 비상시에는 내부 보호를 위해 창문을 덮는 덧문이 그것이었다. 덧문이라기보다는 그냥 벽이라는 표현이 더 어울리지 않을까?

외부 공습으로부터의 철저한 차단!

거기에 충분히 방탄 역할을 할 수 있게끔, 철판으로 두껍게 보강되어 있었다.

보기만 해도 느껴지는 육중한 무게감!

원도면에서는 벽과 딱 붙어 있던 부분이 지금은 30㎝ 정도의 간격이 벌어져 있었다.

"기계장치가 삽입될 공간을 준 거?"

보람이 나를 힐끗 보고는 설명을 이었다.

"그래. 네가 허락 없이 도면 변경하는 걸 얼마나 싫어하는지는 내가 누구보다 잘 알지만……."

아마 졸업박람회에서의 일을 말하는 것이리라.

현재그룹 입사라는 미끼가 있었으니, 보람은 꼼짝없이 내 말을 들을 수밖에 없었고, 덕분에 녀석들은 일주일 동안의 고생을 몇 번이나 허사로 돌렸어야 했었다.

그때 일을 말하는 모양이었다.

그때 기억이 떠올라 피식 웃자, 보람이 억울한 듯 변명 섞인 말을 이었다.

"그때 된통 당해봤으니까. 그래도 이건 어쩔 수 없는 변경이라고! 도면 보내올 때마다 설계자한테 '여기는 30㎝ 공간 만들고, 저기는 10㎝ 전후로 유격을 줘야 하고' 그렇게 일일이 코멘트 달아서 도로 넘길 수는 없잖아?"

'일이 일을 만드는 꼴이 아니고 뭐냐?'고 보람은 눈으로 묻고 있었다.

"내가 너희한테 맡긴 건 옵션이야. 알지?"

내 설계의 코어 부분은 여타 건물과 별다른 차이가 없었다.

그저 객실을 부착해도 흔들림이 없게 튼튼하기만 하면 되는 것이었다.

'이동 가능하다는 특징이 있지는 하지만, 이사를 안 하면, 그건 아무런 의미가 없어진다고!'

그런 평범한 집에 누가 흥미를 느낄 것인가?

그 평범함을 극복하고 입주자들의 다양한 취향에 어필하기 위해서 객실에 색다른 특징을 첨가하기로 한 것이었다.

'전통건축이라는 큰 옵션이 있기는 하지만, 여기는 객실만

천 개가 넘는다고!'

만 명의 사람이 있으면, 만 개의 서로 다른 욕망이 있는 법!

게다가 가진 자들의 욕망은 더더욱 다양하리라.

그들은 내 건축물에서 자신들이 원하는 집을 다양하게 선택할 수 있다.

'선택의 기회가 많은 곳에 관심이 쏠릴 수밖에 없지.'

너만의 집을 만들어주겠다는데, 싫다는 사람이 얼마나 될까?

스스로 인테리어를 하면 되지 않느냐고?

'그런 집은 가져갈 수 없지!'

보람은 말없이 고개를 끄덕였다.

"이 설계의 백미는 바로 객실이야! 나만의 집을 가진다! 남들과 같은 게 아니라."

"네가 여기에 얼마나 신경 쓰는지는 잘 알지."

"그래서 너희들을 불러 모은 거야. 지금까지 없던 신개념 주택을 만들기 위해서."

고개를 끄덕이는 그에게 말을 이었다.

"보람이 네가 원하는 건, 후배들과 처음부터 같이 작업하는 거지?"

"훨씬 시간이 절약될 거고, 능률도 오를걸!"

"맞는 말인데, 거기에는 조건이 있어."

"무슨 조건?"

무엇이든 맞춰주겠다는 표정의 보람이 물었다.

"내가 몇 번이나 말했지? 객실 간의 서로 다른 분위기를 잘 살리는 게 관건이라고."

"그것도 알고 있어. 노력할게."

"그러기 위해서는 무엇보다도 설계자의 의도가 그대로 반영되어야 해."

"그건 나도 알지. 네가 항상 하는 말이니까."

하지만 아는 것과 그걸 실행하는 것은 엄연하게 다른 일이다. 또한, 그 '아는 것'은 때로는 상대에 따라 다르게 반영되기도 한다.

'아직 이해가 안 되는 모양이네.'

내가 하고자 하는 말은 단 하나였다.

설계자의 의도에 따라 네 전문적인 지식을 적용해 달라.

보람이 내 말에 무조건 수긍하는 이유는 지금의 작업 진행의 답답함을 해소하는 것.

그래서는 내 의도와 빗나가는 설계가 될 터.

후배들을 보람과 일대일로 붙여놓으면, 누가 설계의 메인이 될지는 불을 보듯 뻔한 일이었다.

주객전도 되는 건 단 십 분도 안 걸릴 테니까.

'말보다는 구체적인 예를 들어주는 게 좋겠네!

나는 보람과 언쟁하고 싶은 마음이 없었다.

보람에게 물었다.

"그런데 여기는 왜 바꾼 거냐?"

내 물음에 보람이 도면으로 얼굴을 내밀었다.

"어디?"

내 손가락을 확인하고는 되물었다.
“이거? 벽난로?”
“응.”
벽난로에서 전기 벽난로로 변경되어 있었다.
많은 가구 명칭 중에서 ‘전기’ 두 글자가 첨가된 것뿐이었지만, 내 눈에는 크게 보였다.
보람이 어이없다는 눈으로 되물었다.
“이거 호텔식 아파트야. 어떻게 정말로 불 때는 벽난로를 쓰냐? 화재 위험이 있다고.”
“그래서 전기식으로 바꾼 거냐?”
왜 그랬는지 물어보지도 않고?
보람의 입장에서는 그게 지극한 상식이리라.
전문가가 우위에 서는 것.
이게 일반적인 상식의 한계!

어깨를 으쓱한 보람이 답했다.
“당연하잖아. 오해는 하지 마. 전기난로도 요즘은 품질이 좋아서 벽난로 분위기는 확실하게 낼 수 있어. 훌륭한 대체품이라고!”
팔짱을 끼며 보람에게 물었다.
“정말로 그렇게 생각하냐?”
고개를 갸웃한 보람이 말했다.
“상식이잖아. 주영이 얘가 몰라서 이렇게 한 거겠지.”
그의 말처럼 어쩌면 상식일지도 모른다.

하지만 내 생각은 전혀 달랐다.

"주영이는 안락함을 목적으로 이 난로를 선택했을지도 모른다고. 안 그러냐?"

보람이 반박했다.

"생각해 보라고. 무슨 아파트에서 장작을 때고 앉았냐? 굴뚝은 어떡하고? 게다가 거기 모래벌판인데, 장작은 무슨 수로 구하고?"

그의 상식과 내 상식이 반드시 일치하지는 않는다. 물론 주영이도 마찬가지일 테고.

차분하게 말했다.

"보람아, 안락함이란 그저 시각과 촉각이 아닌, 온몸으로 느끼는 감각이다. 그렇지 않냐?"

내 의도를 모르는 보람이 고개를 끄덕였다.

"그렇기는 하지."

"네가 말이야. 엄청난 부자라고 치자. 그럼 넌 뭘 쓰겠냐? 화재의 위험 같은 건 모른다 치고 말이야."

"그건 너무 나가는 거지. 난 상식을 말하는 거라고."

'아직 이해를 못 하고 있군. 우리 고객이 어떤 사람들인지.'

"보람아, 눈 감아 봐."

"응?"

영문을 모르면서도 보람은 눈을 감았다.

"네 앞에서 장작이 타고 있다. 뭐가 떠올라?"

"따뜻함?"

"그것만이 아니지. 지금 앞에서 장작이 타고 있다고, 탁탁

튀는 소리 들리지 않아? 나무 내음도 날 테고."

"으, 응."

"불길이 흔들리네. 네 앞으로 온기가 왔다 갔다 하지? 가끔 숨이 막히기도 하고 말이야."

타는 장작에서 나오는 이산화탄소와 일산화탄소의 조합, 그 묘한 열기를 감히 디지털 난로가 흉내 낼 수 있을까?

그로 인해 생기는 신체적 변화들.

상기된 얼굴, 반복되는 소리에 편안해지는 기분, 노곤해지며 스르르 잠들어 버리는 몸 등.

가만히 눈을 감은 보람에게 물었다.

"어때? 아무리 뛰어난 전자제품이라 해도 아날로그의 구식 감성을 완벽히 재현한다는 건 무리가 아닐까?"

그리고 말을 이었다.

"이제 네가 정말 부자라면? 어떤 걸 선택할래?"

"……."

한석도 눈을 감고 있었다.

"한석이 너는?"

"저는 장작 때는 벽난로요."

대체품?

그건 최후의 수단이 되어야 한다.

이제 답을 들려줘야 했다.

보람을 혼내기 위한 목적이 아니었으니까!

"협업하는 것 자체는 문제가 아니야. 그 대상이 문제지."

눈을 뜬 보람에게 말했다.

"보람이 네 실력은 인정한다."

"그런데?"

"문제는 그게 너무 차이 난다는 거지. 아마 내 후배들은……. 너희들 말에 한마디도 반박 못 할걸? 안 그러냐, 학생회장?"

제 딴에는 한가락 한다고 깐죽거리던 한석이 아까는 찍소리 못하고 당하지 않았던가?

"네, 아마도 그럴 겁니다."

한석이 홍당무처럼 얼굴을 붉혔다.

"부끄러워할 필요는 없어. 당연한 거니까."

한석이 말없이 고개를 끄덕였다.

"기선 제압 같은 건 필요도 없을걸? 재들 입장에서는 무조건 보람이 네 말이 맞을 테니까."

보람은 내 의도를 알겠다는 듯 답했다.

"수준을 후배들에게 맞추도록 하지."

"그걸론 부족해."

"그럼…… 더 뭐가……."

"이렇게 물어볼게."

보람을 직시하며 말을 이었다.

"만약 그게 내가 직접 친 도면이었더라도, 네 마음대로 수정했을까?"

보람의 표정이 움찔하며 굳었다.

"아, 아니."

"다시 한 번 말하지. 설계자의 의도가 최우선시되어야 해."

후배를 나로 생각하는 건 무리겠지만, 적어도 한 번은 더 생각하게 될 터!

지금은 그것만으로 충분했다.

보람이 진지한 얼굴로 말했다.

"알았어. 설계자 의도를 최우선으로 하지."

보람의 약속을 받아내고, 한석에게 말했다.

결정한 이상 망설일 필요는 없었다.

"그럼 넌 지금 바로 가서 다섯 명씩 조 구성해."

"조는 왜요? 사람 수도 비슷한데 한 분씩 붙여주시면 되는 거 아닙니까?"

녀석의 황당한 바람에 코웃음 쳤다.

"너희가 상전이냐? 선배들이 찾아가서 개인지도 하게?"

"그럼……."

"열 개 조로 해서, 로테이션 돌릴 거야."

"로테이션요?"

"전기, 설비, 내장, 기계……. 하여간!"

내가 열거한 것 말고도, 녀석들이 협력해야 할 공종은 수도 없이 많았다.

내 의도를 눈치챈 한석이 배시시 웃음 지었다.

그만큼 경험이 쌓이는 것 아니던가?

"알겠습니다. 그럼 일정은 어떻게?"

"선배들 비는 시간에 일정 끼워 넣어. 바쁜 사람들이니까, 시간 철저하게 지키고."

"네! 알겠습니다. 선배님!"

멀뚱멀뚱하게 서 있는 녀석에게 말했다.

"뭐하냐? 안 가고?"

"네? 네!"

녀석이 나가기 전, 허리를 꾸벅 숙였다.

"그리고 보람 선배님, 파일 감사합니다."

허리를 꾸벅 숙이는 한석에게 보람이 손을 휘휘 저었다.

한석이 나가고, 보람이 작게 한숨을 내쉬었다.

"휴! 오랜만에 긴장했네!"

"왜? 까일까 봐서?"

보람이 말 대신 실소를 흘렸다.

"응. 거기서 너한테 깨졌어 봐."

그의 생각을 모르는 바가 아니었다.

가르치는 자가 권위를 잃으면, 그의 말도 신뢰를 얻지 못하는 법이다.

'나도 그걸 바라지는 않는다고. 이 친구야!'

미소 지으며 도면을 접어 그에게 넘겼다.

"그랬으면 보람이, 네 체면이 많이 상했겠지."

고개를 주억거리는 보람에게 말을 이었다.

"몇 개 더 있었는데, 일부러 말 안 한 것도 알고?"

보람이 멋쩍게 뒷머리를 긁었다.

"고마워. 쩝. 전기난로는 어떻게 찾았냐? 그것도 찾았는데 다른 거야. 뭐! 네 눈썰미에 어련히……."

'어련히 찾았겠냐'는 말이겠지.

"길게 말하지 않을게. 아직 부족한 놈들이다. 네가 잘 챙겨서 괜찮은 설계도 뽑아내라."

"알았어."

"그렇다고 너무 봐줘서, 쓸데없이 기 살리지도 말고. 깰 때는 확실하게 깨라고!"

보람이 진지하게 고개를 끄덕였다.

"걱정하지 마라. 잘 조절할 테니."

"잘해 내리라 믿는다."

소기의 목적을 달성한 보람은, 긴장이 풀렸는지 소파에 등을 기댔다.

"민수랑은 완전히 다르네? 저 녀석은?"

"그렇지?"

"민수도 사람 긴장시키는 카리스마가 있었거든. 너하고는 좀 다르지만."

"의지가 되는 녀석이지, 민수는."

날 대신해 미국에서 고생하는 민수를 생각하자, 나도 모르게 미소가 지어졌다.

"응! 그런데 한석이 저건 그런 게 없어. 말하는 것도 약간…… 건방지다고 할까?"

아까 생각이 나서 피식 웃었다.

"말버릇?"

보람은 눈치를 살피면서도, 어이없게 웃었다.

“그렇지. 하늘 같은 선배한테 발 버릇이 뭐냐? 내가 나중에…….”

“내버려 둬. 그 녀석 천성이니까.”

‘그런 천성이라 대놓고 내게 하고 싶은 말을 할 수 있는 거겠지.’

내 얼굴에 어린 흐릿한 미소에 보람은 이해할 수 없다는 듯, 고개를 갸웃했다.

“그게 천성이라고? 별 이상한…….”

‘좀 특이하긴 하지. 녀석이!’

로우 킥에 내성이라도 생긴 건지, 유독 한석이만은 나를 두려워하지 않았다.

다가오는 것도, 맞는 것도.

움찔하며 웅크리는 것도 맞는 그 순간뿐.

‘그것도 재능이라면 재능이다만.’

“흠…….”

묘한 표정의 보람이 팔짱을 낀 채, 나를 보고 있었다.

하지만 보람에게 설명할 마음은 없었다.

이건 내 문제니까.

내가 안고 있는 고민, 일과는 별개의 문제.

KT는 수많은 인재를 보유하고 있었지만, 그들 중에서 내게 입바른 소리를 할 수 있는 사람은 손에 꼽을 정도였다.

손 위로는 대목장과 권터, 그리고 한 교수 정도.

손 아래로는 민수와 한석이 정도랄까?

‘대목장 어르신과 한 교수는 나와 항상 함께하기 어렵겠지

만, 이 둘은 아니거든!'

건설 사장도 나를 터치하지 않는데, 다른 사람들이 나를 어떻게 대하는지는 말해 무엇하랴!

특히나 존경받는 교두들이 나를 떠받드는 상황이니, 팀에서 내 의견에 반대하는 사람은 아무도 없다 해도 과언이 아니었다. 내 맘대로 폭주해도 막을 사람이 없다는 말!

'자칫하면 고립되기 딱 좋지.'

내 말 한마디에 일의 진행이 결정되며, 그 결과는 되돌릴 수 없다.

하지만 이런 고민을 보람에게 어떻게 말하겠는가?

입 끝을 올리며 말했다.

"그 녀석 장점이야. 민수와는 다른."

보람이 입맛을 다시며, 고개를 끄덕였다.

"쩝! 민수하고는 다른 장점이 있다? 네가 그렇다면 그런 거겠지."

민수가 신중한 단어를 택한다면, 한석은 직설적이고 적나라하다는 차이가 존재하겠지만.

"말이 거칠고 서툴러서 그렇지. 틀린 말을 하는 놈은 아니야."

"그래?"

여전히 미심쩍은 눈치의 보람에게 말했다.

"겪어보면 알 거야. 촐싹대도 제 몫은 다 하는 놈이야."

"네 새끼라고 좋게 보는 건 아니고?"

"흣! 그런 놈을 뻑 하면 패겠냐?"

내 기분을 알았는지, 보람이 말했다.

"하긴. 아까도 그렇더라."

"아까, 뭐?"

"어린 녀석이 홧김에 대들만도 한데. 얻을 게 있다 생각했는지, 넙죽 고개 숙이더라고. 그렇다고 쫄은 것도 아니고."

"넉살이 좋지. 녀석!"

"그러게……."

묘한 표정의 보람에게 물었다.

"네 후배도 너랑 같은 용건으로 온 거지?"

"응. 그렇지 뭐."

보람의 말을 듣고, 고개를 끄덕였다.

'그럼 이제 협업 부분은 대충 정리가 된 거군.'

손목시계를 보며 말을 이었다.

"여기서 이럴 시간 있냐? 코어 설계 건으로 최 과장이 회의 소집했다던데?"

느긋하던 보람이 흠칫하며 엉덩이를 들썩였다.

"아! 맞다. 최 교두님!"

다급히 시계를 확인하며 보람이 뒤로 물었다.

"야! 회의, 세 시랬지?"

"네!"

보람이 다급히 탁자 위 도면을 챙기며 일어섰다.

"먼저 일어설게. 일 봐라!"

쾅!

문밖에서 보람의 투덜거림이 들렸다.

"말을 해야지. 자식들아. 오 분밖에 안 남았잖아?"

"그래도 팀장님이랑 얘기하다가 늦었다면 봐주시지 않을까요?"

"귀신 씨나락 까먹는 소리 하고 자빠졌네."

보람의 고함이 들렸다.

"빨랑 안 뛰어? 이것들아!"

'최 과장이 어떤 사람인지, 아직 적응이 안 됐군!'

피식 웃으며 전화기를 들었다.

쿠웨이트 국가가 수화기에서 울려 퍼졌다.

'이 양반! 하여간…….'

잠시 후, 압둘의 걸걸한 목소리가 들렸다.

-누구쇼?

누군지 뻔히 알면서도, 무뚝뚝하게 던지는 투에서 그의 기분이 느껴졌다.

'기껏 전화해 줬더니.'

아무 말도 하지 않고 있자, 압둘이 다시 말했다.

-이 친구야! 전화를 했으면 말을 해야 할 것 아닌가?

"아함! 깜빡 잠이 와서……."

너스레를 떨며 크게 하품도 했다.

약이 오른 듯, 압둘이 투덜거렸다.

-미스터 박이 전화 올 거라고 해서 한참을 기다렸는데…… 지금 새벽 한 시야. 한 시! 미안하지도…….

대뜸 그의 말을 잘랐다.

"아! 그런가요. 거기는 한 시구나. 정신이 없어서."

그의 사정까지 봐줄 정도로 한가하지 않을뿐더러, 지금 미안한 마음에 끌려갔다가는 통화가 끝날 때까지 압둘에게 이리저리 휘둘릴 터!

'당신한테 휘둘리면 밑천이 드러난다고.'

딱 잡아떼며 말을 이었다.

"갑자기 궁금한 게 생겨서 전화 드렸어요."

궁금하다는 말에 그가 물었다.

—뭐가 궁금한가?

"옛날에 압둘이 했던 말이 생각나서요. 처음 만났을 때 당신 비행기에서 했던……."

—무슨 이야기?

의아해하는 압둘이었다.

'그럴 수밖에. 내게 말한 게 아니라, 당신 혼자 읊조린 거에 가까웠거든.'

"알리가 부럽다고 했던 것 같은데……."

—예끼! 이 친구야? 내가 알리를 왜 부러워해?

터무니없는 소리라는 듯, 그는 딱 잘라 말했다.

"제 기억에는 아닌데요? 알리의 집을 보며 이렇게 말했잖아요."

—어떤 말을?

"그 집에는 알리의 역사가 새겨져 있다고."

세상 모든 것을 가질 수 있는 그가 누구를 부러워하겠냐만은, 그런 그조차 가질 수 없는 것이 있지 않을까?
잠시 침묵이 흘렀다.
–내가 그런 말을 했었나?
"저는 확실히 들었습니다."
–허허허. 거참! 자네 앞에서는 흘리는 말도 조심해야겠군.
허를 찔렸다는 듯, 그는 너털웃음을 터뜨렸다.
–그 말을 기억하고 있었다니.
"그때 당신은 그 이유를 말하지 않았었죠."
–흠…… 왜 그때 묻지 않고?
"그땐 그걸 물을 사이도 아니었고, 당신도 더는 말하지 않았거든요."
–이렇게 배려 깊은 사람이었나?
그의 놀리는 말에 코웃음 치며 응수했다.
"남의 아픈 기억을 후벼 팔 정도로 야비한 놈은 아닙니다."
–그런데 지금은 왜 묻나?
"당신의 이번 숙제는, 압둘이라는 사람의 껍데기만 안다고 해서 할 수 있는 게 아니니까요."
–호오. 나를 잘 안다고 생각했는데?
"당신을 아는 데 도움이 되지 않을까요? 지금이야 그 이유를 대충 짐작하지만."
속으로 투덜거렸다.
'아니면 공모전 주제를 명확하게 하든가!'
–자네의 짐작은 뭔가?

"이라크 공습과 관련된 그 무엇? 아마도……."

—…….

"당신이 고작 돌덩어리의 역사를 부러워할 이유는 없잖아요?"

그의 굵직한 음성이 한층 더 낮아졌다.

—허허. 자네와 이런 이야기를 하게 될 줄이야. 잠시만 기다리게.

찰칵! 찰칵!

물담배인지 파이프인지 모르지만, 라이터 튕기는 소리가 들렸다.

잠시 후 압둘의 목소리가 이어졌다.

—후! 우리와 이라크가 앙숙인 건 알고 있겠지?

그걸 모르는 사람이 누가 있을까?

"……."

—하지만 내게는 좀 더 특별한 이유가 있다네.

그의 차분한 말을 경청하고 있었다.

—그때…….

이라크가 침공하던 1990년을 말하는 것이리라.

—나는 부왕의 명으로 사우디아라비아에 방문 중이었다네. 그리고…… 두 번 다시 내 집으로 돌아가지 못했지.

한참 후, 그의 말이 이어졌다.

—다시 돌아갔을 때, 망연자실할 수밖에 없었지. 내 자식들이 나고 자란 그 집은 폐허로 변해 있었네. 기둥뿌리 하나도 남김없이 말이야. 후우!

남 부러울 것 없어 보이던 쿠웨이트 왕세자가 공허한 웃음을 흘렸다.

"억울했겠군요?"

-그나마 가족이 다치지 않았으니, 그것만 해도 알라의 가호인 게지.

압둘의 숨소리가 들렸다.

-후우. 그렇게 자위했지만……. 밀려드는 허무는 막을 도리가 없더군.

"삶의 한 부분이 송두리째 사라졌는데, 아무렇지 않을 수 없었겠죠."

그것도 남의 손으로…….

-그 뒤로 부왕의 대(對)이라크 정책은 더욱 강경해졌네. 철천지원수를 대하듯 하셨지.

그럴 수밖에.

-그 사건은 내 생애를 통틀어, 알라께서 주신 가장 커다란 시련이었다네.

카펫 쓸리는 소리가 들리는 걸 보니, 일어나서 창으로 향하는 모양이었다.

차분한 압둘의 목소리가 들렸다.

-그래. 아까 성훈, 자네가 말했다시피, 부러워한다는 말도 틀린 말은 아니네만…….

한참이나 지난 후에 압둘이 다시 말을 이었다.

-미망이지. 이제는 가지지 못하는 것에 대한 어리석은 미련.

원래는 내가 원하는 것만 듣고 끊을 생각이었다.

만약 압둘이 진행 상황을 물으면?

'왜 체통 없이 그걸 궁금해하세요?'라며 타박하려는 계획이었다.

명분은 충분했다. 그는 심사위원이니까.

'이러면 공정 심사에 어긋나잖아요!'

하지만 지금은 그런 말을 할 분위기가 아니었다.

화려한 뉴욕의 야경이 그를 감상적으로 만들었던 걸까?

압둘이 말했다.

–성훈.

"네. 압둘."

–내가 왜 자네를 공모전에 끼워 넣은 줄 아나? 부왕과의 마찰을 감수하면서 말이야?

"부왕과 마찰이요? 그런 소린 못 들었습니다만."

–자네가 신경 쓸 필요는 없네. 그저 내 결정이니.

"부왕께서 반대하신 모양이죠. 저를?"

–노파심이시지. 부왕께서는 내 존재가 더 돋보이길 원하셨고, 내 명성에 걸맞은 건축가들을 씀으로써 결과의 불확실성을 없애고자 하신 것이지.

'내가 불확실성이라 그건가?'

"그걸 감수할 가치가 있는 일인가요?"

–암! 여기서 자네가 당선을 차지해 봐! 더는 조정 중신들의 잘난 척하는 꼴을 안 봐도 되겠지!

그의 목소리에는 확신이 깃들어 있었다.

아직 중신들의 신뢰를 받지는 못하는 모양이군.

압둘이 왕이 되는 건 기정사실.

거기에 더해서, 제대로 된 왕이 되려고 발버둥 치는 것이리라.

"왕이 되는 것도 쉬운 일이 아니네요?"

―중신들은 아직 내 안목을 신뢰하지 못해. 부왕과 그들은 입장이 엄연히 다르니까.

"그렇겠죠. 부왕의 사후에 남겨지는 자들이니까."

―그들에게 인정받지 못하면……. 계속 간섭이 들어올 수밖에 없게 되지. 그런 허수아비 왕이 되고 싶지는 않네!

"저번에는 일체 그런 말씀 안 하시더니."

그는 무슨 소리냐는 듯 너스레를 떨었다.

―모르고 있었나? 자네라면 당연히 알고 있을 거라 생각했는데?

내가 그걸 알면, 다른 식으로 거래를 진행했을 테니, 일부러 말하지 않은 거겠지.

역시 노련한 장사꾼이라고 해야 할까?

'살짝 약 오르는데…….'

내게 이걸 밝히는 건, 목적을 달성했다는 말!

이미 발 빼기에는 늦었다고 확신하는 거겠지.

하지만 배 아파할 필요는 없다.

압둘이 강해지면, 나도 좋은 거거든!

지금도 꽤 든든한 후원자가, 더 강해지려 하고 있었다.

'일단 파이는 키워야 하는 법 아니겠습니까?'

"당신이 사실대로 말했어도 전 아마 적극적으로 협조했을 겁니다. 아무 조건 없이!"

―조, 조건 없이? 진심인가?

이미 돌이킬 수 없는 과거!

사탕발림하는 것 따위 내겐 일도 아니었다.

흐뭇하게 웃으며 말했다.

"당신의 강력한 왕권을 위한 디딤돌이 되는 건데, 제가 싫어할 리 없잖아요!"

―호오.

그는 작은 감탄사를 내뱉으며 말을 이었다.

―뜻밖이로군! 속았다고 약올라 할 줄 알았는데?

그와 나는 손해 보지 않으려고 서로 줄다리기하는 사이였으니, 어쩌면 그게 당연한 생각이리라.

그의 기대를 부정하며 고개를 저었다.

"그럴 리가요? 전 당신이 역대 어느 왕보다 더 강력한 왕이 되길 가장 바라는 사람입니다."

잠시 침묵하던 압둘이 입을 열었다.

―흠. 진심이군.

길게 말할 필요가 뭐 있을까?

"압둘!"

―응?

"이 공모전 반드시 성공시켜서, 당신의 안목이 틀림없다는 걸 증명하겠습니다."

―그, 그래.

"부디 존경받는 왕이 되어주세요! 대신들이 찍소리 못 하는!"

생각해 봐!

왕이 아니라, 왕세자 나부랭이라서 이런 일이 벌어진 거라고. 그냥 나한테 맡기면 되는 걸, 귀찮게 공모전 따위를 하고 있잖아?

'어벙한 왕이 되었다간, 내가 더 곤란하다고!'

일 하나 하겠다고 말 많은 대신들을 일일이 상대해야 한다면? 생각만 해도 머리가 아프지 않은가? 이런 일이 반복되지 않으려면, 그는 강력한 왕이 되어야만 했다.

'이 정도까지 추켜세우는데, 왕이 돼서 신세 안 졌다고 하기는 어려울걸!'

내 바람이 자신의 그것과 일치했기 때문일까?

그의 대답은 상기되어 있었다.

–자네의 그 마음, 내 결코 잊지 않겠네!

"그런 말씀 마세요. 우린 친구잖아요."

–그, 그렇지. 친구.

그의 멋쩍은 듯한 맞장구를 들으며, 내 얼굴에는 장난스러운 미소가 피어올랐다.

행동에는 응당 대가가 따르기 마련!

이 상황에서 내가 뭘 할 수 있을지 떠올랐거든!

'그렇죠. 친구! 친구 사이에 함부로 약 올리고 그러시면 안 됩니다. 압둘!'

낯간지러운 내 말에 손 부채질이라도 한 것일까?

잠시 후, 압둘은 무안한 음성으로 입을 열었다.

–후. 이거 얼굴이 후끈 달아오르는군.

"왜요?"

–자네가 그런 생각을 하는 줄도 모르고, 나 혼자 속 좁은 짓을 했으니.

숙연한 분위기의 그에게 물었다.

"실패할 거란 생각은 안 해보셨습니까?"

–아니, 전혀 생각해 본 적 없네!

그는 차분하게 말을 이었다.

–자네의 첫 작품인 몰딩부터 지금까지, 단 한 번도 나를 실망시킨 적이 없어. 난 자네가 진정 알라께서 인도한 사람이라 믿네.

묵직한 음성에는 나에 대한 신뢰가 듬뿍 담겨 있었다.

슬슬 부탁을 꺼내도 될 타이밍!

'괜히 입바른 소리로 분위기를 띄웠겠어?'

압둘이 강한 왕이 되도록 돕는 건, 내게도 이득인 건 맞지만.

'그건 한참 뒤에나 거둘 수확이라고.'

그럼 지금은?

그때까지 손가락 빨고 있으라고?

'나도 얻는 게 있어야, 균형이 맞지 않겠어?'

마침 골치 아픈 문제가 있거든!

신소재 연구자.

이민호는 어떻게 비비고 들어간다 해도, 독일인 연구자는 사실 막막했었거든!

독일의 인맥이라고 해봐야, 마이어가 고작!

'하지만 압둘은 다르지.'

유럽 건축협회 부회장인 마이어를 후원하고 있었고, 그 외에도 투자 중인 곳이 여러 군데였다.

'날 약 올린 대가는 치르셔야죠!'

"압둘."

—응. 왜 그러나? 성훈.

"공모전을 급히 준비하다 보니……."

말꼬리를 흐리자, 압둘이 말했다.

—곤란한 일이라도 생긴 건가?

"아뇨. 곤란하다기보다는……."

—기탄없이 말하게. 날 위한 일이 아닌가? 내 뭐든지 할 수 있는 일이라면 하겠네.

분위기 탓일까?

평소라면 '내 사전에 공짜는 없다'면서, 대가를 바랄 압둘이건만, 지금은 지극히 협조적이었다.

"사람 하나를 데려오고 싶습니다."

—응? 사람? 자네가 고작 그걸 못 찾아서?

의아해하는 그에게 말했다.

"독일 쪽의 연구소에 있지 않을까 예상되는데, 그쪽으로는 저보다 당신이 더 잘 알잖아요."

—아! 그런가? 독일이라면 그렇지. 누군가?

그는 당장에라도 구해줄 것처럼 굴었다.

"사람을 구하는 건 어렵지 않다고 쳐도, 나중에 특허 분쟁이 생길까 봐서 염려하는 겁니다."

─특허 분쟁?

"유럽 쪽은 특허에 대해 상당히 완고한 입장이죠."

이해가 간다는 듯, 압둘이 말을 이었다.

─이미 개발이 완료된 상품이라면 그냥 구매하는 게 더 편하지, 기술을 빼 오는 건…….

그의 말을 잘랐다.

"아뇨! 아직 개발을 시작하지도 않았을 겁니다."

─그런데도 특허 분쟁을 벌인다고?

그는 이해하지 못하는 모양이었지만, 내가 뭐라 말하겠는가?

"완료되었을 때, 파장이 클 수 있는 연구라 분쟁을 걱정하는 거죠. 압둘도 유럽 쪽 과학자가 어떤 줄 잘 알잖아요."

─훗. 제 놈들이 모든 과학의 시작이라 믿는 작자들이지.

손대지 않은 분야가 없고, 실제로도 과학의 발전을 주도하는 유럽이었으니, 그런 생각을 할 만하지 않은가?

"그래서 염려되는 겁니다. 지금은 단지 제 촉입니다만."

─어떤 연구인데 그러나?

"강철합금입니다. 현재 나온 제품들의 최소 4배 강도를 가지는……."

─흠. 그러면 그 작자들이 난리를 칠 만도 하지.

개발에 성공하면, 공업의 한 획을 그을 수 있는 연구!

잠시 생각 중이었는지, 압둘은 말이 없었다.

—그럼 그쪽 관련 연구가 어디까지 진행되었는지 조사를 선행해야겠군. 나중에 시비에 걸리지 않으려면.

"그럼 더 확실하겠죠."

—그쪽은 내가 아는 사람이 많으니, 알아서 하겠네. 그런데 누군가?

아직은 이름은 모르니, 적당히 얼버무렸다.

"적당한 사람을 찾아보는 중입니다. 우리 쪽 개발자를 보조할 연구자. 아무래도 이론은 유럽이 강하니까요."

—정해지면 말해주게. 공모전 마감이 석 달밖에 안 남았으니, 그 전에 끝장을 보려는 거겠지?

그는 상황의 다급함을 충분히 이해하고 있었다.

'됐어! 약속을 받아냈어!'

국제 특허 소송?

누구든 소송을 걸어오면, 압둘을 앞세워야지.

권력과 금력을 겸비한 방패!

'이만하면 든든하지 않아?'

느긋하게 미소를 지으며 답했다.

"네! 맞습니다."

내 목적을 눈치챈 압둘은 호탕하게 웃었다.

—하하하. 이러니 더더욱 궁금하군. 4배 강도 강철합금을 써야 하는 건축물이라…….

'궁금' 하니, 박 과장의 부탁이 떠올랐다.

"참. 그것 때문에 박 과장이 곤란해하더라고요. 내부적으로도 기밀로 붙이는 사항이라, 박 과장도 모릅니다. 그런데 자꾸 물어보신다고."

압둘이 멋쩍은 음성으로 말했다.

–성훈, 아까 들었다시피, 내 신경이 좀 곤두섰던 것 같네. 자네만 믿으면 되는 것을.

그가 말을 이었다.

–친구에게 부끄러운 모습을 보였네. 부디 내 과오는 잊어 주게.

"충분히 이해합니다. 만족할 만한 결과를 보여드릴 테니, 믿고 기다려 주세요."

–그러도록 하지. 그리고 박 과장한테는…….

"제가 대신 말씀드릴게요."

–고맙군. 자네 작품을 보는 즐거움은 공모전 때까지 미뤄 두도록 함세.

"감사합니다, 압둘."

이제는 통화를 마쳐야 할 시간이었다.

–성훈, 내 도움이 필요하면 언제든지 전화하게.

"네, 안녕히 주무십시오."

–자네도 수고하게.

전화기를 접었다.

원하는 것은 얻었지만, 마음이 가볍지는 않았다.

'이 공모전에 얽힌 게 생각보다 많군!'

소파로 더욱 몸을 밀어 넣었다.

'그의 미망을 떨쳐주면서, 대신들에게 그의 안목을 확인시

켜 줄 작품이라?'
고민도 잠시, 이내 자리를 박차고 일어났다.
"이미 정해졌잖아! 언제부터 고민했다고!"

이틀 후.
옵션 설계 진행을 점검하고 사무실로 돌아가니, 곽 부사장이 결재판을 들고 기다리고 있었다.
"옵션 설계는 잘되고 있습니까?"
"이제 서로에게 적응해 가고 있더군요."
"다행입니다. 걱정 많이 하셨는데."
웃음기를 띤 그였지만, 표정은 밝지 않았다.
'예상했던 대로인가 보군.'
어두운 표정이 협상 결과를 말하고 있었다.
"잘 다녀오셨습니까?"
"네, 잘 다녀왔습니다."
"현재철강에 다녀오셨죠? 그게 그건가요?"
내 시선이 결재판에 머무르자, 부사장은 고개를 끄덕였다.
소파를 가리키며, 간이주방으로 향했다.
"금세 끝날 얘기는 아닌 것 같네요. 차나 한잔 하시죠."
"감사합니다."
찻잔에 뜨거운 물을 부으며 물었다.
"별로 협조적이지 않았나 보죠?"

그가 작게 한숨을 내쉬었다.

"죄송합니다. 결론을 먼저 말씀드리면, 현재철강과의 1차 협상은 결렬되었습니다."

"그래요? 괜찮습니다. 그럴 거라 예상했으니까."

씁쓸한 표정의 그에게 대수롭지 않은 듯, 차를 내밀며 소파에 앉았다.

"잘 마시겠습니다, 팀장님."

차를 한 모금 마시고, 그는 말을 이었다.

"쉽지 않을 것 같습니다. 팀장님."

곽 부사장은 진심으로 미안해하고 있었다.

그를 보며 눈을 일그러뜨렸다.

"예? 이제 겨우 첫 번째 협상인데요?"

그런데도 이런 말씀을 하신다?

그는 입술을 지그시 깨문 채, 고개를 조아렸다.

"제시할 수 있는 최고의 조건을 불렀습니다만."

"그래도 퇴짜라……."

협상에는 한도라는 게 있다. 적어도 서로가 손해 보지 않는 선. 또한, 상품에는 적정가격이라는 게 있지 않나? 그 경계를 넘어서 버리면 협상은 결렬.

그는 그 소식을 내게 전하고 있었다.

서류를 뒤적이다, 고개를 들며 말했다.

"그만하면 됐습니다. 수고하셨어요. 부사장님."

"하지만 팀장님. 그, 그게 없으면……."

협상을 종료하라는 내게, 그는 양손을 들며 만류했다.

하지만 어쩌랴?

더 물러나면 손해가 되는데.

그가 다급히 말을 이었다.

“실은 좀 더 물러나는 게 어떤지를 여쭤보려고 온 겁니다.”

대수롭지 않게 말했다.

“부사장님 권한으로 최대한 양보했는데도 안 된다면서요?”

“그러니…… 팀장님께서.”

내 권한으로 협상의 여지를 더 줄 수 있는 거 아니냐고?

대수롭지 않게 말했다.

“최고를 제시했는데, 안 된다면서요?”

“결과적으로는 그랬습니다만, 팀장님께서 나서시면…….”

“부사장님 말씀이 제 말입니다.”

번복할 생각은 없었다.

KT팀의 안살림을 총괄하는 곽 부사장이 그렇다면 그런 거겠지.

협상 결렬의 보고서를 집어 들며 물었다.

“사장과 직접 얘기 나누셨나요?”

“아니요. 박 전무와 독대했습니다.”

“아! 그때 사장 뒤에 있던 사람 말이죠?”

“네, 맞습니다.”

같잖은 수작에 자연스레 입꼬리가 올라갔다.

‘그때 둘이 쑥덕거리는 걸 봤거든!’

거기서 뭔가 의견이 오가며, 수작이 완성되었으리라.

기분이 좋을 리가 있나?

입맛을 다시며 입꼬리를 비틀었다.

"쩝. 왕 회장님 막내는 뭐 하고 전무 나부랭이를 내보냈답니까? 우리 쪽은 무려 부사장님께서 몸소 행차하셨는데. 맨발로 영접해도 시원찮을 판에. 안 그렇습니까?"

대놓고 철강 사장을 무시하는 말에, 그는 슬며시 미소를 지었다.

전무를 만났을 때 기분이 좋지는 않았으리라.

격이라는 게 있지 않나? 얼굴 맞대고 협상할 수 있는 격! 여기 수장이 갔으면, 그쪽도 격에 어울리는 상대가 나오는 게 예의!

명목상일지언정, KT팀의 수장은 그였다.

그는 쓴웃음을 지으며 답했다.

"연구원들과 일정 조율 중이랍니다."

절로 코웃음이 나왔다.

하나를 보면 열이 보이는 법이라고!

전무를 눈짓으로 부리는 걸 보지 않았던가?

"그 사람, 원래 그렇게 일하는 타입인가요? 일반 사원들과는 겸상도 안 할 것 같던데?"

"역시 팀장님 안목은 알아줘야겠습니다."

"그런 인물이! KT팀 대표가 갔는데, 바쁘다는 핑계로 전무와 협상 자리로 밀었다?"

지금 내 작품이 공모전에 당선될 경우, KT팀은 명실공히 현재철강의 최대 고객이었다.

어중간한 건설사에서는 사용하지도 않을 거고, 규모로 보나 물량으로 보나 우리 이상 가는 소비처는 없을 터!

그런데도 이렇게 푸대접을 한다?

엄지로 입술을 매만지며 말했다.

“배짱 좋은데요? 그 양반.”

“일단은 마땅한 대안이 없는 걸 아니, 저러는 것 아니겠습니까?”

무엇보다 기분이 상하는 건, 손에 들려있는 보고서의 내용이었다.

다 읽은 서류를 손으로 정리하며 소파에 등을 기댔다.

“이건 뭐 우리보고 아무것도 결정하지 말라는 말이네요. 그쵸?”

“그, 그런 셈이죠.”

자신의 손으로 들고 온 협상 결과에 그는 어깨를 으쓱했다.

그들이 억지 쓰는 거지, 그의 잘못은 아니잖아?

그들의 요구를 요약해서 읊었다.

“연구 완료가 언제 될지 모르니, 공장 설비도 아직 완벽하지 못하다. 그러니 당신네 일정에 맞출 수 있을지 확신할 수 없다.”

부사장은 대답 대신 고개를 주억거렸다.

“그래서 생산 라인이 완전히 갖춰질 때까지 제품 납기 일정을 자기네 생산 스케줄에 맞춰 달라. 이거잖아요.”

“정확히 보셨습니다.”

“혹시 못 지킬 수도 있지만, 양해를 구해달라. 하지만 할 수 있는 한의 최선은 다하겠다?”

"그것도 맞는 말씀입니다."

"게다가 자기들이 약속 불이행으로 인한 현장 차질에 대한 보상은 일언반구도 없네요!"

부사장은 조용히 고개를 끄덕였다.

"우리 일정을 몽땅 자기네 생산에 맞추라고? 이게 말이야, 방구야. 이것들이 돌았나?"

나도 모르게 험한 말이 튀어나왔다.

건물의 뼈대를 올리는데 가장 중요한 강철을 쥐고 내놓지 않으면, 건물을 언제 올리라고!

'쌓아놓고 써도 물량이 부족할까 봐 겁나는 판국에 뭐가 어쩌고 어째?'

어이가 없어서 실소를 터뜨렸다.

"허 참! 속이 훤히 보이네요."

"그렇지요. 물건으로 우리를 흔들겠다는 거죠."

부사장의 대꾸에, 예상되는 그들의 시나리오를 읊었다.

"제가 가서도 안 된다고 하면, 양보한다고 엄살떨면서 별거 아닌 보상 조건 몇 개 적어넣겠죠. 그것도 자기들 사정 봐달라고 하면서요."

투덜거리며 말을 이었다.

"수가 빤히 보이는데요?"

내 말에 그가 소리 없이 피식 웃었다.

"지금으로써는 선택의 여지가……."

부사장이라고 그들의 속셈을 모르랴?

다만 그게 없으면 작업 진행에 큰 차질을 빚을 게 눈에 보이니, 내게 최대한 양보하자고 설득하려는 거겠지.

'저 만나서 고생이 많으십니다. 부사장님도.'

소파에 등을 기대며 천정을 쳐다봤다.

'이 인간들, 아직 물건도 안 보여주고 너무 많은 걸 원하는데? 다른 꿍꿍이가 있나?'

다른 속셈이라고 해봐야, 형제들 간의 우열 싸움에 나를 끼워 넣겠다는 거, 그거 말고는 없지.

'내가 자기편을 들어주면?'

요즘 제일 잘 나가는 건설 사장이 날 특별 취급하니, 날 쥐고 흔들면 자기가 우위에 설 수 있겠다는, 얄팍한 판단?

'지금 상황만 본다면, 가능해 보이겠지.'

하지만 지저분한 싸움에 발 들일 생각은 전혀 없었다.

부사장이 내게 타이르듯 말했다.

"그래도 어쩌겠습니까? 아쉬운 건 우리인데요."

뚱한 얼굴로 심통을 부렸다.

"안 한다고 집어 던지고 오시지 그러셨어요?"

내 농담에 곽 부사장이 실소를 흘렸다.

"어찌 그럽니까? 제 일이나 마찬가지인 것을."

소파에서 등을 떼며, 곽 부사장과 시선을 맞췄다.

"부사장님, 정말로 아직 완성이 안 되었다고 믿는 건 아니시죠?"

그는 눈썹을 으쓱하며, 입맛을 다셨다.

"믿든 안 믿든 관계없겠지요. 그 합금이 없으면, 우리 작품의 완성도가 떨어진다는 게 중요하죠."

"그건 대안이 없을 때고요. 있으면요?"

내 짐작으로는 완성 단계임이 확실했고, 어쩌면 이미 완성되었을 수도 있었다.

'그러니 저렇게 강짜를 놓는 거라고. 확신이 있으니까!'

그들의 말대로 완료될 기미가 없다면, 이렇게 배짱부릴 여유가 있을까?

그는 씁쓸한 얼굴로 고개를 저었다.

"팀장님. 저라고 놈들이 연락 올 때까지 손 놓고 기다렸겠습니까?"

"흠……."

'호오. 미리 움직이셨다? 느낌 좋은데.'

적극적인 움직임이 아닌가?

부사장이 다르게 보였다.

어깨를 으쓱하며 그의 다음 말을 종용했다.

"인맥을 총동원해서 세계를 다 훑어봤습니다."

자세를 바로 하며, 부사장을 직시했다.

'그래도 선방하셨는데요? 부사장님!'

그래도 만족스러운 결과를 얻지는 못했겠지. 아직은 시기상조였다. 그래도 혹시나 하는 기대감에 자연스레 눈매가 좁아졌다.

"그런데요? 전혀 대안이 없던가요?"

그는 힘없이 고개를 끄덕였다.

"그나마 가능성 있는 곳은 있습니다. 하지만 대안이 될 정도는……."

"어디입니까?"

"라이프니츠 연구소라는 곳인데……."

"아! 거기 되게 유명한……."

어디선가 들어본 듯한 이름. 라이프니츠!

그 이름이 뇌리를 번쩍 스치고 지나갔다.

'그래! 라이프니츠! 거기서 소송을 걸었지!'

딱!

나도 모르게 손가락을 튕겼다.

'이 돌대가리! 왜 그걸 생각 못 했지?'

연관이 있으니, 소송을 걸었겠지.

안타깝게도 연구자의 이름은 떠오르지는 않았다.

'그거야 연구원 이름을 뒤져보면 나오겠지.'

그래도 기억이 안 나면 몽땅 데려다 달라고 하지. 뭐!

'압둘이 조금만 더 고생하면 되는 거라고!'

의도치 않게 슬슬 실마리가 풀려가고 있었다.

현재와의 인연 때문에 그걸 써주려고 했던 거지. 나도 2배 강도 보다는 4배 강도가 좋다고!

'감히 일을 가지고, 장난을 쳐?'

영문도 모른 채 내 행동을 주시하는 부사장의 양어깨를 토닥였다.

"고생하셨습니다, 부사장님. 정말!"

"네? 아무것도 된 게 없는데, 무슨 말씀을?"

그는 이유를 모르는 눈치!

'모르셔도 됩니다.'

"팀장님, 2차 협상은 언제쯤으로……."

부사장이 물었지만, 그의 말은 귀에 들어오지 않았다.

이 퍼즐의 시작은 이민호가 될 터!

"이제 그런 재미도 없는 얘기는 그만하시죠."

"그래도……."

"그만! 이민호는 찾았습니까?"

다른 곳으로 화제를 돌렸다.

현재철강은 중요하지 않았다.

더 나은 대안이 있다면, 그따위는 보이지도 않는 뒷순위로 밀릴 터.

결재판을 던지듯 탁자에 놓자, 그가 말했다.

"겨우 소재만 파악했습니다."

"고생하셨습니다. 시간을 촉박했을 텐데, 용케 찾으셨네요? 한군데 붙어 있는 사람도 아닌데."

"맡기신 일이니, 당연히 해야지요."

멋쩍게 웃는 그에게 위치를 물었다.

"어디 있던가요?."

"지금은 중국 연변에 있답니다."

"네? 연변이요?"

기껏해야 어디 낚시터나 처박혀 있을 줄 알았더니, 연변이라니?

'거기는 왜?'

의문이 가시기도 전에, 부사장의 표정을 보고는 고개를 갸웃했다.

시작이 반이라 하지 않던가?

게다가 중국에 있는 사람을 사흘도 안 돼서 찾았다고!

'나라면 춤이라도 추겠는데.'

기뻐할 만도 하건만, 그의 표정이 어두웠다.

"표정이 왜 그러세요? 문제라도 있습니까?"

그는 답 대신, 신중하게 자신의 의견을 말했다.

"이민호에 대해서 재고하시는 건 어떠실지요?"

합당한 사유 없이 반대를 말할 사람이 아니다.

그의 눈을 직시하며 물었다.

"왜요?"

"좋은 소문이 하나도 없더군요. 그 사람은."

"어떤 소문이요?"

"보고서에 기재해 뒀습니다만, 실력이 증명된 것도 없고……. 뭐랄까? 허풍이 심하다고 할까요? 책임감도 많이 없어 보이고."

'결과가 나온 게 없으니, 실력은 당연히…….'

원래대로라면 몇 년이나 더 뜸을 들이고 나올 결과!

"그렇게 평하시는 이유가 있겠지요?"

부사장이 어이없다는 웃음을 지으며 말했다.

"한국에서의 행적은 포항 연구소에 고작 3개월 근무한 게 전부입니다."

"그게 문제인가요?"

"그 삼 개월 동안 무얼 했는지가 중요하지요."

그는 멋쩍게 웃으며 말을 이었다.

"기도 안 차는 놈입니다. 연구에 꼭 필요하다고 하도 떼를 써서 고생고생해서 미국에서 분석기 들여왔더니, 그거 들어오고 한 달도 안 돼서 사라졌답니다."

"왜요?"

"재료가 없는데 무슨 연구를 하냐면서, 전체 회의하던 자리서 박차고 나갔답니다. 그 뒤로는 연락 두절. 그게 벌써 한 달 전입니다."

"그리고 지금은 중국에 있다?"

"그것도 겨우 알아낸 겁니다."

고개를 갸웃하며 물었다.

"연변에는 왜 갔답니까?"

"그 인간 속을 누가 알겠습니까? 그 분석기만 해도 10억이 넘는다는데! 아무리 그래도 사람이 그러는 게 아니지 않습니까? 그놈 때문에 투자한 게 얼만데."

제 일이라도 되는 양, 부사장은 험한 말로 열을 올리고 있었다.

"그렇게 무책임하고 끈기도 없는 인간은 KT에 들어와서는 안 됩니다!"

부사장 표현대로라면 그는 무책임한 사람이 맞았다.

'하지만 끈기가 없는 인간은 아닌데?'

연변으로 도망을 쳤다 하니, 변명의 여지는 없겠지만, 동의할 수 없었다.

끈기없이!

끝도 보이지 않는 이런 연구에 몇 년 동안 매달렸을 거라고는 생각되지 않는다고.

실력 또한 마찬가지?

실력 없이 어떻게 자타가 인정하는 성과를 낼까?

실력과 끈기, 둘 다 갖추지 않으면 불가능하다.

그리고 그는 그걸 해냈다.

'내가 이미 확인한 사실이라고.'

"그래도 능력은 인정받았나 보네요? 연구소에서 바람대로 다 사줬다는 걸 보면……."

"네. 영재인 모양입니다. 스무 살에 카이스트를 졸업했지요."

"호오!"

천재가 아닌가?

"그리곤 바로 독일로 유학, 하지만 중도에 관두고 귀국했습니다. 그 후 바로 연구소에 취직했다더군요. 연구소장도 기대가 컸던 모양입니다."

'왜 중간에 유학을 관뒀을까?'

내 생각에는 관심도 없는 듯, 그가 말을 이었다.

"쯧. 일단 눈에 보이는 스펙은 번지르르하니……."

혀를 차는 그에게 물었다.

"그럼 회사 잘못도 있는 것 아닙니까? 장비 가격에 비하면 재료 정도야 아무것도 아니었을 텐데, 왜……."

실력 있는 사람에게는 대우해 주는 게 당연하다.

하지만 그를 고개를 저었다.

"그게 연구소 측에서도 좀 구하기 어려운 거였나 봅니다."

궁금증이 동했다.

"무슨 재료입니까?"

"희귀 금속인데, 이트륨인가, 뭔가? 저는 들어도 모르겠더군요. 자세한 건 보고서에 있습니다."

고개를 끄덕이며, 그의 말에 설명을 보탰다.

"희토류를 말씀하시는 것 같네요."

정확히 뭔지 모르는지, 그는 고개를 끄덕였다.

"아! 그랬던 것 같습니다. 그쪽은 문외한이라."

"아직 그렇게 널리 쓰이지 않으니까요. 관계자들 말고는 잘 모르죠."

희토류란, 원자번호 57에서 71에 배열되는 일련의 금속을 칭하는 말이었다. 그 효용에 비해, 희귀함 때문에 아직은 많은 곳에 사용되지 않고 있었다.

'어떻게 알고 있냐'는 표정에 설명을 이었다.

"저도 자세히는 모릅니다. 영구 자석이나, LED 등 같은 걸 만드는 데 사용된다고 하더군요."

"그럼 연관도 전혀 없구만. 그런 걸 왜?"

부사장은 석연찮은 표정을 고개를 갸웃했다.

'그의 합금 연구에도 희토류 금속이 필요하거든요.'

왜 연변에 있는지 알 수 있는 단서였다.

"흠. 그래서 중국으로 갔나 보군."

그건 그가 아직 연구를 포기하지 않았다는 말.

"네?"

부사장의 물음에 희미하게 웃으며 답했다.

"희토류가 중국에서 많이 채굴되거든요."
"아! 그렇습니까?"
몰랐던 것인지, 그가 고개를 주억거렸다.
"중국에서만 97%가 채굴됩니다."
"허. 중국에서만요? 그래서 희귀 금속인가요?"
사실 희토류는 전 세계적으로 분포되어 있다.
중국의 순수 매장량은 고작해야 30%를 조금 넘는 정도.
세계에 골고루 분포되어 있다고 봐도 무방하다.
그런데 왜 중국에서만 채굴할까?
이유는 간단하지.
아직 중국은 후진국이기 때문이었다.
대부분의 선진국에서는 극심한 환경 오염 때문에 채굴을 금지하는 실정이었다.
'그걸 굳이 설명할 필요는 없지.'
"그런 건 아닙니다만, 어쨌든 판매는 거의 독점이라고 할 수 있죠."
"그렇군요."
"그래서 중국에서 장난을 많이 칩니다."
"……."
"가격을 제멋대로 폭등시킨다든지, 채굴량을 조절한다든가……. 지금은 희토류 수출을 금지하는 모양인데, 딱 아다리가 맞은 모양이군요."
중국에서 안 판다는데야, 연구소라고 별 뾰족한 수가 있겠는가?

그 말에 부사장은 고개를 끄덕거렸다.

"아! 그 친구가 그래서 그 사고를 쳤군요."

"사고요? 또 있습니까?"

그의 기행은 아직 끝나지 않은 모양!

"결정적으로 도망친 이유가 공금유용입니다."

"공금유용이요?"

속으로 어이없는 웃음이 나왔다.

'하하하. 이 인간이?'

부사장의 조사가 정확하다면 천하의 양아치가 아닌가?

하지만 그의 말은 아직 끝나지 않았다.

"공금으로 그 희토류인가 하는 걸 밀수하려다가 걸렸답니다."

황당함에 웃음이 터져 나왔다.

'이쯤 되면 완전 정신병자 수준인데?'

"하하하. 밀수요?"

웃음기를 거두지 못하고 그에게 물었다.

"그거 사실입니까? 소문 아니고요?"

"이건 연구소장에게 직접 확인한 사실입니다."

"그럼 신문에도 났을 텐데."

"미수로 그쳤기에 망정이지! 연구소 문 닫을 뻔했다고, 소장이 이를 갈더군요."

넘치는 열정은 이해해도, 도가 지나치지 않은가?

공금유용에, 일을 내팽개치는 것은 둘째 치고, 밀수라니.

'아주 사고를 골고루 쳤네. 골고루.'

"연구소에서는 어떻게 처리할 요량이랍니까?"

"사람을 찾아야 뭘 하지요. 연변에 있는 놈을 무슨 수로 찾습니까? 우리야 거기에 지사가 있으니, 찾은 거지만."

"그래서요?"

"네. 그래서 수배만 걸어놓은 것 같습니다. 찾게 되면 포상한다고 꼭 연락 달라더군요."

나도 모르게 한숨이 나왔다.

"하아! 이거야 산 넘어 산이네."

"팀장님. 간단하게 생각하실 문제가 아닙니다. 수석 연구원은 물론이고 아는 사람들은 모두……."

내 한숨이 옮았는지, 부사장도 큰 한숨을 쉬었다.

"휴. 이놈 이거, 회사 말아먹을 놈입니다."

부사장의 염려도 충분히 설득력이 있었다.

내 예상과는 전혀 다른 인물.

'예전 인터뷰로 봤을 땐 전형적인 학자 타입이라 생각했었는데?'

부사장에게 물었다.

"중국 간 지는 얼마나 됐답니까?"

"연구소를 박차고 나간 뒤로 한 달입니다."

말없이 고개를 끄덕였다.

'딱히 성과가 있었을 시간은 아니군.'

이민호가 바라는 게 이뤄지지 않기를 바랐다.

그 시간 동안 원하는 금속을 구하기도 쉽지 않을뿐더러, 설령 구한다고 해도 세관을 통과하는 것은 무리일 터!

밀수범으로 잡히기밖에 더하겠어?

'행동력은 발군인데, 뒤를 너무 안 보는군.'

그도 그럴 것이 부사장의 보고서에 따르면, 이제 겨우 23살이었다.

'이유는 모르겠지만, 너무 서두르는 것 같은데? 일단은 만나보고…….'

팔짱을 끼고 고민하는 나를 보며, 부사장이 팔을 걷어붙였다.

"고민되시면 직접 만나보고 판단하시지요! 제가 가서 데려오겠습니다."

고민해 봐야 해결되는 건 없으니, 그 말이 정답이기는 한데…….

화들짝 놀라 고개를 들었다.

"부사장님께서 직접요?"

"네! 맡겨만 주십시오!"

자신하는 그에게 천천히 고개를 저었다.

"아뇨. 제가 가겠습니다."

"고작 그런 놈 데려오는데, 직접 움직이실 필요가 있겠습니까? 그냥 제가 가서……."

만류하는 그를 보며, 피식 웃으며 물었다.

"괜찮습니다. 제가 가는 게 맞는 것 같습니다."

신임이 부족하다 생각했음인가?

그는 못내 섭섭한 표정으로 물었다.

"제가 못 데려올까 봐 걱정되시는 겁니까?"

그의 말에 천천히 고개를 저었다.

"아뇨! 어떻게 데려오실지 눈에 선히 보여서 말입니다."

"그게 무슨?"

그의 의문에 피식 웃으며 말을 이었다.

"저도 듣는 귀가 있습니다. 부사장님."

"……."

"요즘도 현장 가신다면서요?"

뜬금없는 물음에 그가 되물었다.

"시간 날 때마다 갑니다만……."

그는 눈치를 살피며 말을 이었다.

"현장에서 뭐라고 합니까?"

드문드문 들려오는 소문에 의하면, 그는 여전히 쉰 넘은 소장들에게 '대가리 박아'를 시켜놓고 군기를 잡는다 들었다.

그의 방문 다음 날이면, 소장들이 끙끙 앓는다고.

"요즘도 현장 소장들 군기 잡고 그러세요?"

그가 고개를 바로 들며 답했다.

"그야 당연한 거 아닙니까? 대가리들이 정신을 똑바로 차려야 현장에 사고가 없는 법입니다."

"옳은 말씀!"

소장들을 쥐잡듯하는 그가 이민호에게 편견까지 있는데, 곱게 모시고 올까?

'멱살 잡고 끌고 오지 않으면 다행이게.'

야생마 같은 놈을 그렇게 끌고 와서 어쩌자는 말인가? 달래서 데려와도 될까 말까 한 판국에.

자연스레 얼굴에 미소가 걸렸다.

부사장이 물었다.

“왜, 왜 그렇게 웃으십니까? 팀장님.”

“아뇨. 정력도 좋으시다 싶어서요.”

“허허허. 아직도 현장에서는 시멘트 포대기 3포는 거뜬합니다.”

“그래서 하는 말입니다. 아무래도 이민호를 패대기치실 것 같거든요.”

부사장은 움찔하더니, 버벅거리며 말했다.

“서, 설마 그렇게까지야 하겠습니까?”

그는 급히 얼버무렸지만, 내가 어찌 그를 모르겠는가?

섭섭한 표정의 그를 달래며 이유를 설명했다.

“그의 존재로 인해, 이 공모전의 색깔이 바뀔 수도 있어요. 부사장님을 못 믿는 건 아니지만, 이번만큼은 제가 직접 가는 게 맞는 것 같습니다.”

“정히 그러시면야…….”

그는 마지못해 고개를 끄덕이며 말을 이었다.

“그럼 언제로 일정을 잡을까요? 저도 채비를…….”

당장에라도 뒤따르려는 그를 보니, 나도 모르게 울상이 지어졌다.

‘앞으로도 그의 도움이 많이 필요한데, 첫 만남부터 인상 찡그릴 수 없다고요!’

엉덩이 들썩거리는 그를 진정시키며 물었다.

"저……. 부사장님."
"네! 팀장님!"
"보고서에 내용이 좀 빠진 것 같습니다."
"아! 죄송합니다. 시간이 좀……."
"네! 그건 압니다. 제가 보기엔 이민호가 뭔가 서두르는 느낌인데, 이유가 뭘까요?"
"글쎄요. 조사해 봐야 알겠지만, 원래 성격이 그런 것 아니겠습니까?"
"석연치 않아요."
"그럼 출생부터 학교생활까지 다 조사해서……."
'그래서 어느 세월에 보라고요. 지금 만나러 갈 건데.'
"네. 하지만 우선은 가족관계와 계좌 흐름 먼저 부탁드리겠습니다."
"계좌는 왜 말입니까?"
"돈의 흐름만큼 그 사람의 목적을 잘 보여주는 건 없죠!"
"아! 그렇군요."
"그리고 중국에 도착했을 때 받아볼 수 있게 해주세요."
이제 따라올 엄두는 안 나겠지!
그는 촉박한 시간에 인상을 구겼지만 바로 답했다.
"아! 네. 알겠습니다."
서둘러 일어서는 그에게 말을 이었다.
"아, 참! 아까 말씀하신 라이프니츠 있죠?"
"아! 예."
"거기서 일한 적이 있다거나, 아니, 퇴사를 했든, 입사가 예정된 사람들이든, 관계된 사람은 몽땅 명단을 뽑아주세요."
독일인은 분명히 라이프니츠에 있었다.
그가 고개를 꾸벅 숙였다.
"네. 알겠습니다. 공항에 도착하실 때 받아보실 수 있도록 하겠습니다."
나도 자리에서 일어서며 손마디를 꺾었다.
뿌드득. 뿌드득.
"모시고 올 건지, 멱살을 붙들고 올 건지, 일단 만나보고 결정할까?"
간만의 긴장감에 기지개를 켜다 피식 웃음이 나왔다.
'훗! 나도 곽 부사장과 별다를 건 없는 건가?'

연길의 광산으로 들어가는 중이었다.
"죄송합니다. 여기는, 지프 말고는, 들어올 수가, 없어서……."
중국 지사의 첸 과장은 미안한 얼굴로 말하고 있었다.
연길 토박이치고는, 꽤 또박또박하게 표준어를 구사하고 있었다.
"그럴 수밖에 없을 것 같은데요?"
30분 전부터 포장도로가 사라졌고, 산을 탄 뒤부터는 계속 롤러코스터를 타는 것처럼, 지프의 좌석에 엉덩방아를 찧고 있었다.
그러니 말이 끊어질 수밖에!

속이 메슥거리는 듯, 울 듯한 그를 보며 말했다.

"신경 쓰지, 않으셔도, 괜찮습니다. 일도 바쁘실 텐데, 저 때문에. 이제 거의 다 왔나 보네요."

"휴우. 얼른 내리고 싶습니다."

멀리서 거대한 채굴기계와 돌을 실어 나르는 레일이 눈에 들어왔다.

첸 과장의 말이 맞다면, 저기에 이민호가 있을 터!

멀미가 심한지, 창 틈새로 심호흡하는 그를 흘낏 곁눈질했다.

'굉장히 눈치가 빠른 사람이네.'

그를 처음 봤을 때 느낀 내 감상이었다.

공항에서 나오자마자, 그에게 물었다.

"이민호 어디 있는지 파악하셨습니까?"

시간을 넉넉하게 잡고 왔지만, 이 넓은 땅에서 사람 하나 찾는 게 어떻게 쉬운 일이랴!

"네! 팀장님!"

그는 들고 있던 보고서를 겨드랑이에 끼우더니, 잽싸게 자기 휴대전화를 꺼내 들었다.

그러고는 액정을 확인하며, 내게 답했다.

"흠. 지금은 여기서 세 시간 정도 거리에 있는 광산으로 가는 중입니다."

추측이나 예상이 아닌, 정확한 답변!
'호오!'
저 휴대전화가 위치추적기도 아닐 테고!
부사장도 그의 소재를 파악하느라 애를 먹었다고 하지 않았던가? 한데 그는 어디로 향하는지까지 파악하고 있었다.
그것도 실시간이지 않을까 하는 생각이 들었다.
'뭐지? 이 사람?'
첸이라는 인물에게 궁금증이 동했다.
그에게 너스레를 떨며 물었다.
"그 폰에 답이 있나 봅니다."
그는 머쓱한 듯, 뒷머리를 긁으며 답했다.
"이민호 씨에게 사람 하나 붙여놨습니다."
'사람을 붙였다고? 무슨 수로?'
그와 나란히 걸으며 물었다.
"의심하지 않던가요?"
"절대 그럴 일 없습니다. 가이드로 자연스럽게 붙였으니까요. 연길에서 신뢰할 수 있는 가이드를 구하는 건 쉬운 일이 아니거든요."
그의 일 처리에 속으로 감탄하며 물었다.
"가이드요?"
"네! 또한, 여기에 혼자 오는 외국인은 반드시 가이드를 찾게 되어 있습니다."
"…"
"연길은 사투리가 너무 심해서, 보통 중국어를 한다고 해도 알아먹기 어렵습니다."

"하하하. 그런데 가이드는 누굽니까?"

"사실은 제 부하 직원입니다. 제법 똘똘한 녀석이니, 염려하지 않으셔도 됩니다."

"아! 그 직원분이 문자를 보낸 거로군요. 용케도 가이드를 붙일 생각을 하셨습니다."

내 칭찬에 그는 무안한 듯 어깨를 으쓱하며 말했다.

"제 나라 욕하는 것 같지만, 중국에서 외지인이 가이드 없이 움직이는 건 미친 짓이죠. 그래서 반드시 가이드를 찾을 수밖에 없습니다."

그의 확신에 고개를 끄덕였다.

'이거 내 선입견을 한 방에 날려버리는데?'

중국인은 게으르고, 돈만 밝힌다는 편견 말이다.

고개를 끄덕이며 말했다.

"아! 가이드로 붙였으니, 이렇게 자연스럽게……."

"어차피 팀장님 오시면 모시고 가야 하고, 또 엄한 일이라도 당했다가는 곤란하지 않습니까."

지프에 올라타며 물었다.

"그래도 용케 한 번에 찾으셨나 보네요? 자료도 변변치 않던데."

그도 그럴 게, 서류에 붙어 있는 흑백 사진의 품질이라는 건 누구나 아는 것 아닌가?

눈, 코, 입만 확인할 수 있는 정도랄까?

그는 차 문을 닫고 운전석으로 앉으며 말했다.

"연길에서 사람 찾는 일이라면, 서류 같은 거 없어도 저는 할 수 있습니다."

"어떻게요?"

"공안에 아는 놈들이 좀 있거든요."

말하는 투로 보아, 꽤 친한 친구가 아닐까 하는 생각이 들었다.

"그래서요?"

"비행기에서 내릴 때, 친구 놈에게 좀 붙들어 놓으라고 했지요."

그 말에 나도 모르게 웃음이 나왔다.

본 시리즈 첩보 영화를 보는 기분이랄까?

무엇보다 이 시절, 중국 공안은 한국 경찰처럼 친절하지 않았다.

'특히나 공항 공안은 고압적이지!'

미소를 지며 그에게 물었다.

"이민호가 뜨끔했겠는데요?"

그는 어깨를 으쓱하며 대꾸했다.

"그래도 어쩔 수 없었습니다. 공항을 나가버리면 그야말로 오리무중이 되어버리니까요."

이 넓은 땅에서 움직이는 인간을 무슨 수로 추적할 것인가?

그의 말에 자연스레 고개가 끄덕여졌다.

'만에 하나 그랬다면, 지금처럼 편하게 찾아가는 건 불가능했겠지.'

그가 미안한 표정으로 말을 이었다.

"그래도 바로 풀어줬습니다."
"그 자리에서 부하 직원에게 바로 인계했겠고요?"
"그렇지요."
그가 지프에 시동을 걸었다.
"좀 멀미가 나더라도 참아주십시오."
"네. 걱정하지 마십시오."
안전띠를 매며, 그의 일 처리에 혀를 내둘렀다.
'이제 겨우 세 시간밖에 안 지났다고.'
내 출발과 동시에 그에게 오더가 내려졌을 터!
세 시간은 심양을 거쳐서 연길로, 비행기를 갈아타고 오는 데 걸린 시간이었다.
'그런데 이미 사람을 찾아뒀다고? 상당한 수완가잖아.'
다급하게 움직였을 게 분명한데도, 그는 눈에 보이는 결과를 만들고 있었다.
그가 연길을 잘 아는 사람이라는 것을 참작해도, 매우 높은 점수를 줄 만하지 않은가?

창틈으로 들어오는 바람을 맞으며, 그에게 물었다.
"지금 어느 부서에서 일하십니까?"
생뚱맞은 물음에 그가 고개를 돌렸다.
"CS팀에서 일하고 있습니다.
"그러시군요."
CS팀!
쉽게 말하면 고객 서비스를 담당하는 부서!

집에 대한 고객의 불만 접수, 그에 대한 해결책 마련, 그리고 현장에 피드백하는 것까지.

KT는 건설 현장 인원이 중심이 되는 팀.

그러니 중국인을 상대해야 하는 CS에 그가 배속되는 것은 어쩌면 당연한 것이었다.

'오히려 딱 맞는 걸지도 모르겠네.'

그의 탁월한 임기응변을 봐서는, 고객 대부분이 만족하며 전화를 끊으리라.

'다만 소 잡는 칼을 닭 잡는 데 쓴다는 게, 문제지.'

"대우는 괜찮습니까?"

그는 나를 돌아보며 흐뭇한 웃음과 함께 엄지를 쳐들었다.

"KT는 세계 최고의 대우를 해주지요! 덕분에 애들을 한국으로 유학 보낼 수 있었습니다."

그는 시선이 조수석 앞에 놓인 사진으로 향했다.

귀여운 딸과 아들, 그리고 그와 아내.

"귀엽네요. 원래는 어떤 일을 하셨습니까?"

"십 년쯤 공안으로 일했었습니다."

한때 중국 공안은 권력과 부패의 상징이었다.

그 한때라는 게 지금 시절이고.

수입만 본다면 괜찮은 직업임에는 분명했다.

자신의 능력 여하에 따라, 수입을 늘릴 수 있는 권력의 자리였으니까.

"왜 관두셨습니까?"

그는 씁쓸하게 웃었다.

"겉만 번지르르하지, 공안 월급만 가지고 먹고 살기 힘든 건 아시죠?"

고개를 끄덕이자, 그가 말을 이었다.

"입에 풀칠하려고 마지못해 하기는 했는데, 저하고는 영 안 맞았습니다. 찔끔찔끔 떡고물 걷는데, 이건 아니다 싶더라고요. 애들 코 묻은 돈 갈취하는 것도 아니고."

그는 가족사진을 보며 혀를 찼다.

"쯧! 애들 보기도 부끄럽고."

그래서 그랬던 것인가?

국가 기관 쪽으로 인맥이 있었던 것이?

하지만 인맥이 있다고, 모두가 그런 일을 해내는 게 아님은 확실했다.

"CS 일은 하실 만합니까?"

그는 멋쩍게 웃으며 답했다.

"아직은 고객과 싸우는 게 일입니다. 중국인에게 고객 서비스라는 게 아직 낯설거든요. 이해하려면 시간이 좀 걸리겠죠."

시간은 많았다.

덜컹거리는 차 안에서 첸에 대한 궁금증을 풀었다.

"이제 얼마나 남았나요?"

시계를 흘낏 보더니, 첸이 말했다.

"한 시간 후면 도착할 것 같습니다."

"이민호는 아직 도착 못 했겠죠?"

"네. 제 도착 시각과 얼추 맞추라고 했습니다."

첸 정도의 수완가가 그 정도 배려도 하지 않았을까?

길이 엇갈리면, 그것대로 시간 낭비가 되며, 그의 노력은 상대적으로 빛이 바랜다는 걸 잘 아는 사람이었다.

첸은 좌우로 눈길을 주며 어깨를 으쓱했다.

"어차피 이런 길이라서……."

훗. 빙빙 돌아가도 이민호가 눈치챌 수 없다는 말이겠지.

그 말에는 나도 동의할 수밖에 없었다.

끝없이 이어지는 비포장도로, 그 옆으로는 산밖에 보이지 않았다. 초행길을 가는 사람에게는 그 길이 그 길 같을 터. 당장 나만 해도, 지금 위치가 어딘지 전혀 가늠할 수 없었으니까.

'네비도 없이 길을 찾아가는 게 용할 정도이니.'

창밖으로 펼쳐진 삭막한 광경을 보며 말했다.

"어디 있는지 전화해 보세요. 확인해 볼 것도 있고."

"네. 알겠습니다."

첸이 양복 안 주머니에서 전화를 꺼냈다.

지금 내가 가진 정보는 이 종잇조각 몇 장.

'이걸로 이민호에 대해 파악했다고 할 수 있을까?'

내 눈엔 그저 소문의 집합체로만 보였다.

직접 그의 생각을 들어봐야, 진정한 파악이 가능할 것이다.

잠시 후, 첸이 수화기를 든 채 말했다.

"예상대로 30분 정도면 도착한답니다. 더 궁금하신 게 있는지요?"

'궁금한 거 많죠! 아주!'

답을 기다리는 그에게 물었다.

"부하분한테 이어폰 핸즈프리 있죠?"

그는 영문을 모르면서도, 고개를 끄덕였다.

"네. 있을 겁니다. 운전하면서도 고객과 통화해야 하니까……. 그런데 그건 왜?"

"그걸로 바꿔 끼라고 하세요."

"네? 네."

내 의도를 모르는 듯, 그는 고개를 갸웃하며 물었다.

"했습니다. 이제 어떻게 할까요?"

"그분한테 이민호와 계속 대화하라고 하세요. 전화는 끊은 척하고."

그제야 눈치챘는지, 그는 손가락을 튕겼다.

"아! 그런 수가! 알겠습니다."

신상명세서에 있는 이민호에게 눈길을 던졌다.

베일에 가린 듯, 실체를 알기 어려웠던 인물.

'도대체 종잡을 수가 없었다고.'

하지만 이제부터는 다르지.

나는 이민호의 대화를 들을 수 있고, 핸즈프리로 부하에게 지시를 내릴 수 있었다.

'지피지기 백전불태'라 했던가?

'이제 네가 어떤 놈인지 알아보자고!'

"어이구!"
지프에서 내린 첸이 죽을상으로 기지개를 켰다.
"들어가 보시겠습니까?"
묻는 그에게 고개를 저으며 물었다.
"이민호는 희토류를 구했을까요?"
그는 어림도 없다는 표정으로 답했다.
"개인이 구한다는 건 불가능합니다. 그것도 외국인이!"
"관리가 엄격한 모양이죠?"
그는 고개를 끄덕이며 답했었다.
"당에서 직접 관리하는 겁니다. 몇 푼 벌자고, 당에 거스를 인간은 없죠."
그의 호언장담에 미소 지으며 물었다.
"나도 희토류가 필요합니다. 구할 수 있을까요?"
그가 눈을 끔벅이며 물었다.
"필요하십니까?"
이민호를 데려와도, 희토류를 구할 수 없으면 포항 연구소와 똑같은 꼴이 되거든!
눈썹을 으쓱하며 수긍하자, 그의 입에서는 아까와 전혀 다른 답변이 나왔다.
"원하신다면 얼마든지."
"절차에 맞춰서 정상적으로 통관되게끔!"
그는 확신하며 말했다.

"당연한 말씀입니다. 아무런 하자 없이 책상 위로 대령하겠습니다."

사무소에서 누가 나오자, 첸이 재빨리 말했다.

"저 사람인가 보군요. 그 옆의 가이드가 제 부하입니다."

찌뿌둥한 표정의 젊은 남자와 위로하는 가이드.

첸이 혀를 내둘렀다.

"그런데 팀장님! 어떻게 설득하실 셈이십니까? 제가 보기엔 배포가 크거나 미친놈 같은데. 천억 투자는 둘째 치고, 팔기만 해도 오백억이라니. 그걸 살 사람이나 있을는지."

도청으로 확인한 건 예상대로였다.

희토류를 지속해서 구하길 원한다는 것.

강철합금을 발명해서 거금을 벌겠다는 것.

간단히 말해 1,000억을 투자받아서 사업을 하든지, 아니면 자신의 특허를 500억에 팔겠다는 포부였다.

그의 말처럼, 스물셋의 젊은이로서는 엄청난 꿈.

자신의 사업 비밀이라 생각했던지, 자세한 부분은 말하지 않았지만, 이민호에게는 확신이 있었다.

'그런데 이 발명은 몇 년 뒤에나 이뤄진다고.'

그 원인은 부사장이 보낸 문서에 나와 있었다.

집안의 파산, 어머니의 병환!

그 때문에 독일 유학을 접을 수밖에 없었고, 지금 녀석이 사방팔방으로 쏘다니며 조급하게 구는 이유였다.

'하지만 일에 사적인 감정을 개입시킬 생각은 없어. 가치

가 있는지 없는지가 중요하지.'

그 가치에는 인성도 포함된다.

길들일 수 없는 천리마는 고깃덩이의 가치밖에 없는 법.

생각을 정하고, 첸에게 말했다.

"첸. 연극 한번 합시다."

"연극이요?"

"내 말에 맞장구만 치면 됩니다. 요령껏."

먹이를 앞에 두고, 이리저리 재고 있을 수는 없지 않은가?

요령 좋은 중국인이 의미심장한 미소를 지었다.

"요령껏 말이지요. 알겠습니다."

그들이 나오는 걸 보며, 그에게 첫 번째 지시를 내렸다.

"일단 우리 둘만 있게 해주세요."

"네! 맡겨만 주십시오."

첸은 인사하고는 뒤로 돌았다.

"어이! 리! 오랜만이구만. 여기는 어쩐 일인가?"

'오랜만'이라는 말에 악센트를 강하게 넣으며, 반갑게 인사를 건네고 있었다.

부하도 만만찮게 넉살이 좋은지 바로 대답했다.

"엇. 형님!"

방금까지 통화한 사람들이…….

계획 없이 나오는 반응치고는 장단이 잘 맞았다.

'오랜만에 만났으니, 할 말도 많겠지.'

첸이 부하의 손을 맞잡으며 한쪽으로 끌고 갔다.

"아이구! 이게 얼마만이야!"

부하가 이민호에게 양해를 구했다.

"고객님, 오랜만에 뵙는 동네 형님이라 잠시……."

뭐라 타박할 것인가?

이민호는 순순히 고개를 끄덕였다.

자연스레 우리 둘만 남게 된 상황. 이민호는 어색한지 내게 등을 돌리며 헛기침을 했다. 알지도 못하는 사람이 갑자기 말을 걸어오면 난감하지 않겠는가?

그것도 중국 오지에서.

그의 등으로 시선을 스치며 자연스럽게 말을 뱉었다.

"거참! 고객도 내팽개치고 말이야."

느닷없는 한국말에 이민호의 등이 움찔했지만, 나를 본다거나 하는 반응은 없었다.

'상대할 생각이 없다, 그거냐?'

잠시 후 내가 한국말로 물었다.

"어디서 오셨습니까?"

내가 말을 걸 거라고는 예상하지 못했는지, 놀란 그가 나를 향했다.

"제가 한국인인 줄 어떻게……."

한국말 하는 가이드를 쓰는 게, 한국인밖에 더 있냐?

가볍게 웃으며 답했다.

"당신 가이드가 한국말을 하는 것 같아서요."

"아!"

무시했던 게 무안했던지, 눈가를 긁으며 말했다.

"한국인 맞습니다."

그러고는 바로 산으로 시선을 돌렸다.

단답형. 그러고는 침묵.

'어라? 나 지금 무시당한 거야?'

일순 당황했지만, 이내 침착을 되찾고 물었다.

"그런데 여기는 어떤 용무로 왔어요?"

"그냥…… 뭐 좀 사러 왔습니다."

'훗. 희토류 광산에서 뭘 살까?'

딱 보니, 말 섞기 싫은 기색이 역력했다.

'요거 봐라? 무시하는 거 맞지? 이거 아주 습관적이네!'

아까 도청하는 내내 불편했던 느낌. 그것의 원인이 무엇인지를 확실히 알 수 있었다.

은연중에 나오는 이민호의 말버릇.

가이드가 물었을 때의 반응은 줄곧 이랬다.

'말하면 아세요?'

'어차피 모르실 거면서…….'

말은 높이는 듯 보이지만, 명백한 무시.

'알지도 못하는 사람에게 무슨 말을 하냐?'는…….

녀석이 의식하고 있는지는 모르겠지만, 포항 연구소 사람들의 이민호에 대한 박한 평가는 이 행동에서 기인한 것이리라.

대놓고 말하지 않아도, 사람들은 무시의 감정에 민감하다.

그 느낌이 싸하게 들었다.

'자신과 말을 나눌 수준이 안 된다고 생각하는 건가? 이

애송이가?'

이민호가 볼멘소리로 투덜거렸다.

"빨리 가야 하는데, 왜 이렇게 쓸데없는 일로 시간을 끄는 거야?"

부드러웠던 내 인상이 차가워졌다.

'되도록 좋은 인상을 남기고 싶었는데…… 글렀군.'

가능하다면, 그와 오랜 세월을 함께하고 싶었다.

재능 있는 인재는 구하기 어려우니까.

하나 첫 번째 만남부터 이래서는, 이 인연이 오래가기 어려울 게 분명했다.

'부하에게 무시당하는 상사는 결코 존중받지 못하지.'

이민호에 대한 분석은 끝났다. 그리고 배려할 생각도 사라졌다.

'여기서 고삐를 꿰는 게 낫겠군.'

기왕 쓸 생각이라면 누가 갑인지를 확실하게 보여주는 게 낫다. 일면 냉정해 보이지만, 그게 그를 위한 길일 터!

어설픈 배려는 두려움을 희석시키고, 그 모호한 기준은 세상 물정 어두운 천재가 제멋대로 행동하는 원인이 될 것이다.

'그럼 난 선례를 남기지 않도록 하기 위해서라도 '읍참마속(泣斬馬謖)'을 해야겠지.'

난 그를 일회용으로 쓰고 싶은 생각이 추호도 없었다.

'관심을 가질 수밖에 없게 해주지.'

첸이 있는 쪽으로 시선을 돌렸다.

정말 오랜만에 만난 듯, 화기애애한 분위기.

"첸!"

대화를 나누던 그와 부하가 부리나케 뛰어왔다.

"예! 따꺼!"

'이 양반아, 따꺼는 오버지!'

하지만 그는 넉살 좋은 웃음으로 머리를 조아리며, 연기를 이어가고 있었다.

"죄송합니다. 너무 반가운 얼굴이라……."

그에게 물었다.

"동생분은 무슨 일로 오셨답니까?"

"희토류를 구하러 왔겠지요."

말하고 싶지 않아서 숨겼는데, 가이드가 발설했다고 생각했는지, 이민호는 인상을 찌푸렸다.

그 표정에 첸이 마뜩잖은 듯 말을 이었다.

"묻을 필요도 없습니다. 희토류 광산에 올 이유가 하나밖에 더 있습니까?"

거두절미하고 물었다.

"구할 수 있습니까?"

"네! 걱정 붙들어 매십시오. 따꺼!"

'제발 그 따꺼 소리 좀!'

이민호 모르게 눈치를 줬지만, 그는 그 캐릭터를 계속 유지하기로 마음먹은 모양이었다.

속으로 한숨 쉬며, 이민호를 눈짓하며 물었다.

"이 친구는 못 구한 모양이던데."

내 말에 이민호는 표정을 구겼지만, 무시하며 말을 이었다.
"외국인이라서 그런 겁니까?"
"네! 희토류의 밀반입은 당에서 금지하는 겁니다. 물정 모르는 외국인이 구할 물건이 아니죠."
그의 말에 어깨를 으쓱하며 물었다.
"저라고 해주겠어요? 나도 똑같은 외국인인데?"
첸은 대답 대신, 비릿한 냉소를 보였다.
이민호에게 보내는 명백한 비웃음!
붉게 상기된 얼굴로 이민호가 첸을 쏘아보았다.
'너는 뭐 다를 것 같냐?'
그의 표정이 그렇게 말하고 있었다.
하지만 첸은 상대할 가치도 없는 듯, 웃으며 내게 말했다.
"따꺼께서는 격이 다르시지요. 원하시는 만큼 즉시 구할 수 있습니다. 어디 감히 저런……."
'애송이와 비교를 하냐?'는 뉘앙스!
'어지간히 열 받았었나 보군.'
도청하는 내내, 첸의 얼굴도 찌뿌둥했으니까.
이민호의 건방진 태도에 대한 불만을, 약 올리는 연기로 표출하기로 마음먹은 듯했다.
한편 이민호도 기분이 상한 듯 뚱한 음성으로 말했다.
"흥! 무슨 근거로 그렇게 자신만만한지 모르겠는데!"
옆구리의 두툼한 가방을 툭툭 치며 말을 이었다.
"뇌물도 안 통하는 상대라고요. 저 인간은! 당신이라고 특별할 것 같아요?"

자기 나름의 논리로 불가능을 확신하는 이민호를 보며, 속으로 혀를 찼다.

'꼬마야, 뇌물의 성사 여부는 액수의 크기가 아니라, 누가 주느냐에 달려 있단다.'

세상에는 여러 바보가 있지만, 그중에 최고라면 딱 봐도 뒤탈이 보이는 뇌물을 받아먹는 놈이다.

뒤탈 없는 뇌물이 과연 존재하기나 할까만!

가당찮은 표정으로 이민호와 눈싸움을 하는, 첸에게 불을 질렀다.

"어림없다는데요? 첸."

눈길을 거둔 그는 입맛을 다시며 말했다.

"이깟 말싸움이 무슨 소용이겠습니까? 직접 보여드리겠습니다."

"아까 내가 오면서 말한 거 기억하고 있죠?"

첸이 뜨끔하며, 고개를 굽실거렸다.

"죄송합니다, 따꺼! 제가 머리가 나빠서……."

"이트륨이랑 바나듐. 그리고 이리듐."

순간, 이민호의 눈빛이 차갑게 가라앉았다.

'이 중에서도 이리듐이 특히나 중요했지.'

당연히 그가 원하는 것도 그 금속들이었다.

첸이 복명복창하며 물었다.

"아! 이트륨! 바나듐! 이리듐! 얼마나 달라고 할까요?"

"이리듐은 최소한 5㎏! 그리고 나머지는 각각 5톤씩. 또한, 앞으로도 계속 공급할 수 있는지도 물어보시고."

"알겠습니다. 오 분만 기다리십시오."

첸이 고개를 숙이고 돌아섰고, 이민호는 반신반의하는 시선으로 그의 등을 노려보았다.

'정말 될까?' 하는.

삼 분도 채 지나지 않아, 첸은 사무소 밖으로 나왔고, 곧이어 배불뚝이 대머리의 중년이 그를 뒤따라 모습을 드러냈다.

"엇!"

이민호의 신음성이었다.

그에게 물었다.

"왜? 아는 사람이야?"

이미 존칭은 사라져 있었지만, 이민호가 나를 대하는 반응도 달라져 있었다.

마지못한 얼굴이지만, 아까보다는 성실한 답변.

"여, 여기 소장입니다."

"흠……."

가만히 팔짱을 끼고 그 둘의 모습을 지켜봤다.

조곤조곤한 대화라 무슨 말을 나누는지 들리지는 않았지만, 표정은 뚜렷하게 보이는 거리.

왼손을 바지 주머니에 찔러 넣은 첸이 오른손으로는 담배를 꼬나문 채, 소장에게 못마땅한 표정으로 말하고 있었다.

그에 반해 소장은 쉴 새 없이 고개를 조아리고.

이민호가 제 가이드의 옆구리를 슬쩍 찔렀다.

"이봐요. 아까 제가 그렇게 부탁할 때는……."

가이드가 무안한 표정으로 답했다.

"저하고 저 형님이랑은……."

"그게 무슨 말씀이세요? 알아들을 수 있게 좀."

"원래는 말 섞을 레벨도 아니란 말입니다. 인맥이 워낙 대단하신 분이라……."

그들의 대화를 들으며, 첸의 모습에 피식 웃음이 나왔다.

'일부러 저러는 거군.'

첸은 연극을 하는 거였다.

사무소 안에서도 능히 해결할 수 있지만, 일부러 이민호에게 보이려는 행동!

무시로 일관하던 이민호가 내게 조심스러운 발투로 물었다.

"혹시…… 중국 조직 폭……."

"아냐. 난 한국에서 건설업에 종사하는 일반 시민이야. 중국 조폭하고는 전혀 연관 없어."

"그런데 왜 따꺼…… 라고."

"첸, 저 사람 습관인가 보지."

"아, 그러시구나."

거만한 연기 중인 첸의 시선이 내게 꽂혔다.

'더 할까요? 팀장님?'

그에게 보일 듯 말 듯 턱을 쳐들며 부추겼다.

'좀 더. 강하게.'

고작 그 정도로 물정 모르는 이 녀석이 알아듣겠어?

딱 한 번의 연극으로 그에게 각인시켜야 했다.

누가 우위에 있는지!

그걸 위한 연극이니까!

첸의 고성이 들려왔다.

어찌나 컸던지, 이민호가 놀란 표정으로 고개를 돌렸다.

소장이 안절부절못하며, 허리를 직각으로 꺾었다.

들으라는 듯이, 첸의 부하에게 물었다.

"첸이 왜 저러는 걸까요?"

"아! 지금 물건이 없는 거 아닐까요?"

일리 있는 추론을 한 그가 말을 이었다.

"형님이 저렇게 화내시는 건 처음 봅니다만……."

이민호가 피식 웃으며 중얼거렸다.

"그러면 그렇지!"

어떤 핑계를 대든, 못 구한 것은 못 구한 것!

하지만 나는 불쾌하지도, 대꾸할 필요도 느끼지 못했다. 이 연극이 끝나면, 이민호는 자연스럽게 깨닫게 될 테니!

'자신의 위치가 어디쯤인지.'

나는 첸의, 첸은 소장의, 소장은 이민호의 갑!

이 유치한 부추김에는, 어린 녀석에게 예상치 못한 무시를 당한 내 울분도 약간은 있었다.

그보다는 첸의 연기에 몰입하고 있었다.

'첸 과장! 볼수록 물건이네.'

입안의 혀처럼 굴지 않는가?

탐색이라도 한 것처럼 내 속을 헤아리고 있었다.

게다가 갑작스러운 주문을 소화하는 융통성!

갑이 을을 쪼개는데, 뭐 그리 복잡한 이유가 필요해? 군기 잡으려고도 쪼개는데…….

하지만 그걸 아는 사람이고, 또 그걸 적절히 이용도 할 줄 하는 사람.

내 중국 출장의 최대 성과는 이민호가 아니라, 첸이 아닐까? 하는 생각이 들 정도로.

'작은 일부터 맡겨봐야겠어.'

인물됨에 대해서는 좀 더 조사해야겠지만, 양심에 꺼려서 공안을 관뒀다는 사람이었다.

잠시 후, 첸이 소장의 어깨를 토닥이며 웃었다.

그리고 내 쪽으로 뛰어왔다.

내 앞으로 도착한 첸이 깊숙이 허리를 숙였다.

"따꺼! 죄송합니다."

"못 구했습니까?"

첸이 고개를 들며 설명했다.

"시기가 안 좋았습니다. 오늘 오전이 마침 이리듐 수집하는 날이라, 채굴한 전량을 당으로 보냈답니다."

이민호의 비웃음을 온몸으로 받으며, 냉랭하게 물었다.

"그래서요? 전 당장 필요한데?"

"내일 아침까지 갖다놓겠습니다."

"가능합니까?"

첸이 고개를 들었다.

"네!"

그리고 설명을 이었다.

"오늘 야간작업을 해서라도 맞추라 했습니다. 5kg 추출한 완제품으로, 내일 아침까지 따꺼 책상 위에 올려두겠습니다."

그의 말에 고개를 끄덕이며 말을 이었다.

"아시다시피, 전 밀수 같은 거 취미 없습니다. 희토류 수출 금지라는 말을 얼핏 들은 기억이 나는 것 같은데요?"

첸이 양손을 휘저으며 말했다.

"밀수 따위로 누를 끼치는 일은 없을 겁니다. 아무런 하자 없이 깔끔하게 조치하겠습니다."

믿을 수 없다는 듯, 이민호의 표정이 일그러졌다.

"아, 아니! 어떻게 이리 간단히……."

설명을 요구하는 그의 시선이 내게로 향했다.

뭘 어떻게 설명하랴?

이미 그 얼굴의 비웃음 따위는 사라진 지 오래.

'내가 너였다면……. 내가 잘되기를 바랐을 거다. 그러면 어떻게든 비벼서 한 덩이라도 얻을 수 있었겠지.'

하지만 이미 기회는 지나갔다.

작게 한숨 쉬며 말했다.

"이봐, 어린 친구! 세상은……."

나를 올려다보는 이민호에게 말을 이었다.

"'케이스 바이 케이스' 아니겠어?"

이민호가 울 듯한 표정으로 고개를 숙였다.

"크윽! 젠장!"

그 틈에 첸에게 눈짓을 보냈다.

'보내요, 저 사람.'

불필요한 인물은 없는 게 나았다.

괜히 이민호의 신경이 다른 곳으로 쏠리면 곤란하다고.

'물고기에게 선택의 여지는 없을수록 좋지!'

오로지 나만 눈에 보이도록!

'이제부터 시작이야. 공항 가는 길은 꽤 멀다고!'

첸의 부하가 말했다. 이민호에게 들으라는 듯이, 큰 소리로.

"첸 형님, 이민호 고객님 공항까지 부탁드려도 되겠습니까?"

첸은 무슨 뜬금없는 부탁이냐는 표정으로, 시치미 떼며 대꾸했다.

"왜? 네 고객인데?"

하지만 부하는 다급한 표정을 지었다.

"좀 봐주십시오. 지금 안사람이 출산한다는데, 늦었다가는 평생 바가지 긁힐 겁니다."

첸이 능글맞게 웃으며 말했다.

"축하해, 아우! 드디어 아버지가 되는 건가?"

그러고는 말을 이었다.

"어이! 어린 손님! 공항까지 내가 모셔다드리지. 오늘 특별히 경사가 있는 날이니, 내 추가 요금은 받지 않겠네!"

자기 손님도 아닌데, 말을 높일 필요가 뭐 있을까? 데려다준다는 것만 해도 어딘데!

이민호는 고맙다는 말 대신, 내게 물었다.

"저…… 따꺼 형님!"

"김성훈이다."

그는 삐쭉거리며 고개를 숙였다.

"이민호입니다, 만나서 반갑습니다."

만난 지 십 분이나 지나서야, 처음으로 통성명을 나눴다.

"그래. 나도 반갑다. 그런데 왜?"

"그게……."

뭔가 부탁을 하려는 모양인데, 우물쭈물하며 쉽사리 말을 꺼내지 못하고 있었다.

그사이, 이미 첸의 부하는 지프를 몰고 와서는 운전석에서 인사를 건넸다.

"이민호 고객님, 끝까지 가이드 못해서 미안허우. 형님, 잘 좀 부탁드립니다."

아까 둘이 하는 말은 듣지도 못한 듯, 이민호는 눈이 휘둥그레졌다.

"엥! 이봐요. 가이드 아저씨!"

하지만 가이드는 이민호의 말은 귓등으로 흘리고는, 제 할 말만 하고는 액셀을 밟았다.

"첸 형님한테 부탁드렸으니 공항 가는 건 문제 없을 거유. 잘 가쇼! 그럼."

그 말을 끝으로 그는 먼지 구름을 일으키며 사라졌다.

"허!"

황당함에 눈을 끔뻑거리는 그에게 말했다.

"이것도 인연인데, 우리 차 타고 가지. 네 가이드는 급한 일이 있는 것 같으니."

어찌할 줄 모르고, 어깨를 움츠리는 그에게 말을 이었다.

"어차피 한국 갈 거 아니냐? 여기서 네 힘만으로 희토류를 구하는 건 불가능해 보이는데?"

"네? 아, 네."

이민호가 정신을 차리고, 고개를 끄덕였다.

첸이 차를 가져왔다.

"타라. 가자."

그가 인사를 꾸벅하며, 뒷좌석 문을 열었다.

"감사합니다, 성훈 형님."

그리고 운전석에 앉은 첸에게도 인사를 건넸다.

"첸 씨, 그럼 공항까지 신세 좀 지겠습니다."

갑자기 공손해진 이민호의 태도에, 첸은 눈썹을 으쓱하며 고갯짓했다.

"빨랑 타슈! 곧 어두워지니까!"

뒷좌석에 올라타고는, 너스레를 떨었다.

"첸! 아까는 운전이 험하시던데요? 엉덩이가 부서지는 줄 알았어요."

내 눈짓에 첸이 머쓱하게 웃었다.

"저도 초행이라 죄송했습니다, 따꺼! 이번에는 포장도로로만 골라 가겠습니다."

이 정도만 말해도, 그는 내 의도를 이해했으리라.

올 때야 시간을 맞추느라 험한 길도 질주할 수밖에 없었지만, 지금은 상황이 다르잖아.

급할 이유가 전혀 없었다. 적어도 나는!

느긋하게 등을 기대고, 팔짱을 꼈다.

"출발하시죠, 첸!"

"네! 따꺼, 출발하겠습니다!"

지프가 출발하고 나는 등을 기댄 채, 눈을 감았다. 어둑어둑해지는 밤에 볼 것도 없었다.

이민호가 원하는 건, 불을 보듯 뻔하지 않은가?

'자! 어떻게 날 설득할 생각이냐?'

그가 말을 꺼내기까지는 입을 열 생각이 없었다.

목마른 자가 손을 내미는 법이니까.

차가 출발하고도, 한참을 미적거리다 이민호가 말을 건넸다.

"저…… 성훈 형님, 저한테 희토류 좀 파시면 안 되겠습니까?"

내 목적은 녀석을 스카우트하는 거지, 그의 성공을 돕는 게 아니었다.

희토류는 그의 관심을 끌 미끼일 뿐.

'게다가 아직 듣고 싶은 게 많거든!'

스르륵 눈을 떴다.

산은 어둠이 빨리 온다 했던가?

가로등 하나 없는 사방은 칠흑처럼 어두웠고, 구름 없는 하늘엔 무수한 별들이 내를 이뤄 흐르고 있었다.

은하수를 보며 지나가듯 물었다.

"뭐가 필요한데?"

내 감상적인 모습에 용기를 낸 것 같았다.

"이, 이트륨과 바나듐 그리고…… 이리듐도요."

훗. 아까는 절대 말하지 않을 것 같더니…….

하긴 사려고 하는 물품을 말하지 않으면, 거래 자체가 불가능하지.

물론 난 거래할 마음이 전혀 없었지만…….

시선은 여전히 하늘로 향한 채 물었다.

"응? 그걸 다? 어디에다 쓸 건데?"

너무 직접적인 질문이었을까?

어두운 창에 이민호가 미간 좁히는 게 훤히 비쳐 보였다.

녀석이 반대편 창으로 고개를 돌렸다.

"그, 그건 아실 필요 없잖아요. 그냥 파시기만 하세요."

피식 웃음이 나왔다.

'아직도 너랑 나랑 평등한 거래가 가능하다고 생각하는 거냐?'

그렇다면 응해줄 필요가 없지. 어차피 이민호는 이게 없으면, 연구 자체를 진행할 수 없거든!

아까 도청하면서 의도는 들었지만, 정확히 어느 단계까지 연구가 진행되었는지는 파악할 수 없었다.

'들어도 모르면서……'라는 말을 해대는 바람에!

오히려 모르는 사람이라면, 들어도 모를 테니 제 자랑을 해댈 만도 했는데, 이민호는 연구 진행에 대해서만큼은 끝까지 함구했다.

'그만큼 신경을 쓴다는 말이겠지.'

하지만 난 그걸 들어야, 녀석과 수준 맞춰서 대화할 수 있거든! 연구가 어디까지 진행되었는지도 모르는데, 나만의 정보를 남발할 수도 없는 노릇이니까.

'그리고 녀석처럼 한 분야에 정통한 사람과 얘기하다가 바닥 드러내는 건 순식간이라고!'

그래서 더 많은 정보가 필요했다.

"그럼, 싫다."

내 쪽으로 고개를 홱 돌리더니, 답답해하며 말했다.

"아까 건방지게 굴었던 건 죄송합니다. 돈은 섭섭지 않게 낼 테니."

이해할 수 없다는 그의 반응에, 고개를 천천히 모로 꺾었다.

'뭔가 오해가 있는 것 같은데? 이거 혹시?'

당연히 살 수 있을 거라 생각한 듯한 그의 말투.

그게 무산되자 오히려 어리둥절해하는 모습이 아닌가?

어이가 없어서 그에게 물었다.

"너 혹시! 내가 저걸 한국에 가져가서 팔기 위해서 샀다고 생각하는 거냐?"

이민호가 눈을 동그랗게 뜨고 있었다.

'당연한 거 아니에요?'라는 의미.

'이거 내가 오해를 했군?'

녀석이 공손해진 건, 나를 존중하는 게 아닌, 판매업자에게 잠시 고개를 숙이는 것뿐이었다.

어쩐지 일이 술술 풀린다 했다.

'그렇다면 오해를 풀어야지.'

그에게 물었다.

"왜 그렇게 생각하는데?"

"건설 쪽으로 일하신다고 하셨죠?"

"그런데?"

"건설 쪽에서 이리듐을 쓸 곳이 어디 있습니까?"

"호오. 내가 건설 일을 하니 쓸 곳이 없다?"

"당연하죠. 바나듐만 해도 킬로당 50달러가 넘습니다. 그걸 취미 생활을 위해 몇 톤씩 구매할 사람은 없죠."

그는 입에 침을 바르며 말을 이었다.

"물론 구하려고 하면 구할 수 있죠. 하지만 이리듐은 진짜로 희귀한 금속이라고요."

"그래서?"

"이리듐 현 시세가 얼만지…… 저보다 더 잘 아시겠지만, 온스당 500달러가 넘잖아요."

온스(oz)는 질량이나 부피를 표시하는 단위이다.

질량을 표시할 때 1oz는 28.5g으로 환산된다.

그러므로 1㎏은 대략 35oz.

나를 완전히 희토류 브로커로 여기는 모습.

이민호가 숨을 들이쉬며 말을 이었다.

"이리듐 5㎏이면 대충 17,500달러라고요."

고개를 슬쩍 쳐들며 그의 말을 재촉했다.

'마저 말해봐.'

이민호가 물었다.
"그걸 쓸데가 어디 있습니까? 보아하니 희토류 전문가도 아니신 것 같은데?"
다시 한번 등장한 녀석의, 무시하는 말버릇!
'빡치네. 아무래도 이대로 데려갈 수는 없겠어.'
꼭 필요하지만, 이런 놈을 원하는 건 아니었다.
'웬만하면 기는 안 죽이려 했는데!'
하나 그걸 깨지 않으면, 절대 다른 사람과 어울리려 들지 않을 게 뻔했다.
사람이란!
'자신과 같은 레벨이라 인정한 사람과 진심으로 말을 섞는 법이니까!'
이민호의 자신감이 어디서 나오냐고?
'성공할 방법을 찾았고, 그걸 자기 혼자만이 안다고 확신하니 저런 행동이 가능한 거지.'
뭐가 무서우랴!
연구에 성공하기만 하면, 당장 500억을 벌 수 있는데!
이민호의 비웃음에, 같잖다는 미소로 대응했다.
삐딱한 고개로 물었다.
"내가 그걸 쓰겠다면?"
"에헤이. 무슨 말도 안 되는 소리를. 그건 아무나 취급할 수 있는 게 아니라고요. 장비도 있어야 하고."
이왕 드러내기로 한 본색, 숨길 게 뭐 있으랴?
"'상이금속 밀도 제어기' 같은 거?"

예상치 못한 말에 그는 멍한 눈으로 쳐다보았다.
바로 말을 이었다.
"이민호 하니까 떠오르더군. 너, 포항 연구소에 있던 놈이지?"
"그, 그걸 어떻게?"
눈에 쌍심지를 켜며 물음을 이었다.
"일부러 제 뒷조사를 한 겁니까?"
'밟을 때는 확실하게!'
"누가 너 따위를 위해서 일부러 시간을 투자해?"
코웃음 치자, 이민호가 대들었다.
"안 그러면 어떻게 저를 추적할 수 있었나요?"
"네가 어디 있는지 어떻게 알고? 회사에 보고도 안 하는 놈이라고 소문났던데? 꽤 유명하더라."
"그야……."
"그런 놈을 뒷조사해서 뭐하게? 어디 써먹게?"
할 말이 없었는지, 흥분을 가라앉히며 물었다.
"그럼 어떻게 아시는 겁니까?"
"포항 연구소에 그게 들어왔다더라고. 궁금하잖아? 나도 마침 그게 필요했었거든."
여전히 경계하는 그에게 말을 이었다.
"나랑 같은 생각을 하는 놈도 있구나? 하는 생각도 들었고."
"같은 생각이요?"
"내가 왜 이리듐을 샀는지, 안 궁금해? 네 말처럼 비싼 건 둘째 치고, 잘 쓰지도 않는 그걸?"

빼딱하게 눈매를 좁히며 물었다.

"혹시? 너만 초고강도 강철합금을 발명할 수 있다! 뭐 이런 건방진 생각을 한 건 아니겠지?"

허를 찔린 듯, 그의 눈꺼풀이 쉼 없이 떨렸다.

그럴 수밖에 없겠지.

'그래도 내가 어떻게 그걸 아는지, 절대로 알 수 없을걸!'

자신의 계획을 절대로 발설한 적이 없을 테니까.

놀란 채 입을 벌린 그에게 말을 이었다.

"강철에 희토류를 넣어서 강도를 높인다. 쯧! 고작 이런 상식적인 걸 가지고, 세상을 다 가진 놈처럼 설치고 다닌 거냐?"

다른 말보다 상식이라는 말이 충격이었던 모양.

그가 되물었다.

"사, 상식이라고요? 그게요?"

"당연히 상식이지."

별의별 금속을 다 섞어보고, 결국 희토류로 방향을 잡은 이민호였다.

그런데 합금 전문가도 아닌 건설업자가 당연하다고 말하고 있으니, 그런 반응을 보일 수밖에!

"그게 어째서 상식입니까?"

자신의 정체성을 부정이라도 당한 듯, 그는 으르렁거렸다.

되레 이해할 수 없다며, 나는 고개를 갸웃했다.

"LED 등이나 영구자석에 희토류가 쓰인다는 건 알고

있지?"

흥분한 녀석이 고개를 끄덕였다.

"그 LED 등의 수명이 일반 형광등보다 수명이 열 배나 길다는 것, 그리고 희토류로 만든 영구 자석이 일반 자석보다 자성이 열 배나 강하지."

연신 수긍하는 녀석에게 물었다.

"그럼! 강철합금에도 희토류를 섞으면 10배의 반응이 나오지 않을까?"

"엑! 고작 그런 이유로?"

"역으로 추론해야지."

"역으로요?"

"응! 그것들의 힘과 수명은 왜 10배나 강해졌을까? 재료에서 차이 나는 건 희토류밖에 없거든!"

눈을 치켜뜨는 그에게 물었다.

"내 말이 틀렸다고 증명할 수 있어?"

"증명은……. 하지만 어떻게 그런 생각을?"

"그 정도는 상식이야. 나한테는."

물론 내 말은 결과론적이다.

반드시 맞다고 할 수는 없지만, 이민호는 어떤 반론도 불가능할 것이다.

'반론할 근거가 없으니까!'

자기 아이디어를 훔쳤다고는 더더욱 말 못하지.

그렇게 입조심을 하는 녀석이 다른 사람에게 말했을 리가 없지!

23살의 이민호는 그저 눈만 끔뻑거리는 것밖에 할 수 있는 게 없었다.

"너, 그 연구 얼마나 했냐?"

"사, 사오 년 정도?"

대놓고 녀석을 비웃었다.

"대가리가 돌이냐? 난 한 달 공부해 보니까 답 나오던데? 다른 금속 백날 섞어봐야 답이 없어!"

이미 실험해 본 이민호는 반박하지 못했다.

"꼭 똥인지 된장인지 퍼먹어봐야 하는 건 아니지 않아? 넌 그 연구에 얼마의 가치를 매기는지 모르겠지만, 지금의 발명만 가지고는 그리 큰돈이 안 돼! 네가 생각하는 결과가 내가 예상하는 게 맞다면."

녀석이 미간을 좁히며 물었다.

"그 예상이 뭔지……."

한심한 눈빛으로 혀를 찼다.

"쯧! 말해줄 이유는 없지만, 어린놈이 고생만 진탕할 게 안돼 보여서 말해준다. '상이금속 밀도 제어기'만 봐도 네가 뭘 할지 답이 딱 나오지. 넌 합금을 액상 상태에서 밀도를 균일하게 조절함으로써 합금의 안정화를 꾀하려 했을 거야."

그는 심호흡하며, 주먹을 꽉 쥐었다.

"그렇게 만든 그걸 어디에다 쓸 건데?"

"그야……."

"잘 쭈물딱거리면 대충 4배 강도쯤 나올걸?"

작게 수긍하는 녀석에게 물었다.

"그거 가공할 수 있어?"

"가공이요?"

"야! 그 강도면, 현장에서 안 구부러져! 알아? 그냥 흉기라고!"

'진짜냐?'고 눈으로 묻는 그에게 말을 이었다.

"단점이 한두 개야? 주조 말고는 가공도 안 돼! 현장에서는 아예 변형 불가능! 현장에 그걸 가공할 장비라도 갖다 놓으리? 대체 넌, 생각이란 게 있는 놈이야? 그런 반쪽짜리를 어느 미친놈이 사?"

그리고 말을 이었다.

"내 예상이 틀렸냐? 아직 그거 해결할 생……. 하긴 전혀 몰랐던 것 같은데, 해결은 무슨……."

내 신랄한 비판에 그는 눈만 끔뻑일 뿐, 아무런 대꾸도 못했다. 강도만 생각했지, 누가 사용할지를 생각해 본 적은 없는 모양이었다.

'실무를 해보지 않으면, 절대로 알 수 없지.'

책상머리 천재들이 많이 하는 실수다.

눈을 지그시 내리깔며 물었다.

"내가 못 만든다고? 이유를 대봐!"

그는 어금니를 꽉 물고, 눈물을 참고 있었다.

나에 비하면, 아직은 한참 어린 나이.

침묵하는 녀석의 바지에 물방울 꽃이 피어났다.

앙다문 입으로 이민호가 신음성을 토해냈다.

"전 반드시 성공해야 한단 말입니다. 큰돈이 필요하다고요."

하지만 그 음성에…… 충만했던 자신감은 이미 사라지고 없었다.

성공에 대한 꿈은 연기처럼 사라져 버렸다.

'후!'

아무리 내 목적을 위해서라지만, 이렇게까지 해야 하는가? 라는 생각이 들었다.

앞을 보며 말했다.

"첸, 목도 마른데 휴게소에 잠시 들릅시다."

화장실에 다녀왔는데, 이민호는 아직 돌아오지 않았는지 안 보였다.

운전석에 있던 첸이 차에 탄 나를 돌아보며 호들갑을 떨었다.

"팀장님! '혀로 빰 후린다!'는 말만 들었지, 직접 본 건 오늘이 처음입니다. 어우! 지금 생각해도, 소름이 쫘악!"

정말 소름이라도 돋은 듯, 첸은 몸을 부르르 떨었다.

"저! 버르장머리 없는 놈을 아무 말도 못 하게 눌러버리시다니."

호들갑 떠는 모습에 피식 웃었더니, 그가 말을 이었다.

"팀장님의 지식에는 정말 감탄했습니다."

"지식이라뇨?"

"어찌나 설명이 찰지신지 희토류, 철근 강도, 어쩌고저쩌고 평소에는 듣기만 해도 머리가 지끈지끈 아픈 말들인데, 팀장님 말씀은 귀에 쏙쏙 들어오더란 말이지요. 하하."

절로 웃음이 피식 나왔다.

'난 바닥이 드러날까, 조마조마했는데.'

내가 말한 건, 사실 두 가지뿐이었다.

LED나 영구자석에 희토류가 쓰인다는 사실.

그리고 합금의 강도가 너무 강하면 가공이 어렵다는 사실.

그럴싸하게 말을 이어붙이니, 말이 되어 보이는 것뿐, 첸의 말처럼 전문지식은 전혀 꺼내지 않았다.

하지만 첸에게는 그렇게 보인 모양!

'닳고 닳은 첸의 눈에도 그렇게 보였으면, 이민호가 눈치채기 어렵겠군.'

신이 나서 떠벌이는 첸의 눈빛이 아까와는 또 달랐다.

감탄이랄까? 존경이라는 감정이랄까?

일단은 한숨 돌릴 수 있었다.

나중에 이민호가 오늘의 대화를 복기해 본다고 한들, 크게 달라질 건 없을 것이다.

이미 뇌리에 박혀 버린 이미지는 쉽사리 바뀌지 않는다. 그 충격이 강하면 강할수록 더.

그만큼 이민호가 느낀 실망은 클 터!

'이젠 달래야 할 시간인가?'

천재의 재능을 고작 이런 일로 주저앉히는 건 엄청난 낭비다.

첸은 여전히 존경 어린 눈빛을 보내고 있었다.

"쉽게 설명한다는 건, 그만큼 이해도가 깊다는 말씀 아니겠습니까?"

이민호의 풀 죽은 모습에 신이 난 첸은 아직 할 말이 많은 듯했지만, 그의 말을 끊었다.

'딱히 설명할 것도 없고.'

"민호가 안 오네요?"

"아까 화장실에서 세수하고 있는 걸 봤습니다. 우는 것 같던데, 시간 좀 걸릴 것 같습니다."

고개를 끄덕이며 말했다.

"날씨가 춥네요. 목도 마르고."

"캔 커피라도 뽑아올까요?"

"그래 주시겠습니까?"

첸이 환하게 웃으며 차를 뛰쳐나갔다.

"네! 따꺼! 즉시 대령하겠습니다."

잠시 후 이민호가 돌아왔다.

"늦어서 죄송합니다, 형님."

고개를 든 녀석의 얼굴에 물기가 촉촉했다.

하지만 눈의 흰자에는 벌겋게 핏줄이 서 있었다.

마침 첸이 돌아왔고, 캔 커피를 내게 건넸다.

"따꺼! 여기 따끈따끈한……."

환하게 웃다가 이민호의 표정을 보고는 목소리를 죽였다.

"여기 있습니다."

커피를 받아들고, 이민호에게 건넸다.

"마셔라. 추운데."

"네, 감사합니다."

첸이 작은 소리로 말했다.

"따꺼, 출발하겠습니다."

"미안하다."

무슨 말이냐며, 힘없이 돌아보는 녀석에게 말을 이었다.

"네가 너무 경거망동하는 것 같아서 잔소리한다는 게 흥분하고 말았구나."

"아뇨. 틀린 말 하신 것도 아닌데요, 뭐."

침울한 얼굴로 민호가 다시 고개를 숙였다.

"갈 데는 있냐?"

"포항으로 돌아가야죠."

"가도 별로 안 반길 텐데?"

"그래도 일단은……."

"너, 소장이 수배 걸은 건 알고 있냐?"

금시초문이라는 듯, 고개를 홱 돌렸다.

"회의하다가 뛰쳐나왔다면서?"

"중국 간다고 얘기했는데요?"

"중간에 연락은 했고?"

그가 눈알을 돌리며 고개를 저었다.

"희토류도 못 구했는데…… 무슨 염치로……."

"성과가 없어도 보고는 해야지. 그게 회사인데."

풀 죽은 얼굴로 아무 말도 하기 싫은 얼굴.

'아직 애네, 애.'

근태 불량, 원만하지 않은 대인관계, 공금 유용, 밀수까지.

23년을 살아오면서, 접해본 사회라고는 학교가 전부. 할 줄 아는 거라고는 공부뿐이었던 아이!

유학을 중간에 관두지 않고 정상적으로 졸업했더라면, 괜찮은 연구소에 취직했을 것이고, 천천히 사회에 적응하며 정상적인 직장 생활이 가능했으리라.

하지만 어머니의 갑작스러운 병환이 그의 인생을 비틀어 놓았다.

'미안하다, 민호야.'

속으로 사과했다.

나를 위해서였다고.

스스로 자위했다.

일부는 너를 위해서였다고.

그리고 다짐했다.

'반드시 이 빚은 갚겠다.'

그에게 물었다.

"큰돈이 필요하다는 게, 어머니 뇌종양 때문이지?"

놀란 듯 고개를 들었지만, 이내 고개를 떨궜다.

내가 아는 게, 이제는 전혀 이상하지 않다는 듯.

보일 듯 말 듯 고개를 끄덕였다.

"네."

"민호야, 아까 말했지?"

"뭐요?"

"널 괜찮게 봤던 건 사실이다."

이제 와서 위로해 봐야 무슨 소용이 있겠나?
눈앞에 보이던 성공이 물거품으로 변해 버렸는데?
그리고 제 눈앞에 있는 나는 절대로 이길 수 없어 보일 것이다. 녀석이 4, 5년 동안 고민했던 걸, 나는 한 달에 해치웠다고 철석같이 믿고 있을 테니.
'사실 그 때문에 강하게 밀어붙였고! 건방진 모습에 화가 난 것도 좀 있지만.'
울음을 참는 듯, 이민호는 어깨를 떨며 말했다.
"가, 감사합니다."
그의 어깨를 토닥이며 말했다.
"그래서 말인데, 여기에 온 이유는 이번에 내가 차릴 연구소에 필요한 것을 사러 온 거야."
침묵하는 그에게 말을 이었다.
"자리 하나 줄 테니까, 거기서 일하면 어때?"
"안 돼요."
"왜?"
그는 숙인 고개를 재차 저었다.
"형님, 전 당장 큰돈이 필요합니다."
어머니의 목숨이 제 손에 달렸다는 책임감인 걸까? 아니면 강박인 걸까?
"멍청아! 형이 왜 이 이야기를 하겠어? 우리 회사 의료 복지 좋다. 네 어머니 수술비 정도는 무한으로 대출 수 있다. 완전히 쾌차하실 때까지."
그 말에 이민호가 고개를 번쩍 쳐들었다.

"네? 정말입니까? 돈이 얼마나 들어도요?"
별것 아니라는 투로 말했다.
"대충 오억 정도로 되겠던데? 복합 수술이라 그 정도는 들겠다고 하더라고?"
곽 부사장의 보고서에는 그렇게 적혀 있었다.
"네? 삼억이 아니라요?"
민호가 모르는 거로 봐서는, 그의 중국행 이후에 다른 병이 발견된 거겠지.
"뇌종양 말고도 다른 지병이 또 있으시더라. 병은 병을 부르는 법이니까."
"그, 그런데 진짜, 진짜로 무한이에요?"
안도감 때문일까?
다시 눈물이 고이는 그에게 고개를 끄덕였다.
"오해할까 봐 미리 말하는 건데, 절대 너만 특별 취급하는 게 아니야. 우리 회사 의료 복지는 직원이기만 하면, 누구든 100% 무한이야."
이건 사실이었다.
KT팀에 정착된 지는 일 년밖에 되지 않았지만.
첸이 묵묵하게 고개를 끄덕일 뿐이었다.
이민호가 확인하듯 물었다.
"정말입니까?"
"그럼! 가족이라 생각하는데, 그 정도도 못 하겠어?"
반신반의하는 그에게 다시 확실하게 말했다.
"방금 입사했어도! 당장 내일 죽을병이라도! 지원해 준다.

직원이라면! 무제한! 대신…….”

“대신…… 뭔가요?”

“반드시 대가를 받는다.”

“어떻게요?”

“아마 본전을 뽑기 위해 혹독하게 부려먹겠지. 우리 사장이 보통 짠돌이가 아니거든!”

호의가 전해졌는지, 민호의 얼굴이 한층 밝아졌지만 미안한 표정으로 물었다.

“하지만 형님이 계시는데, 제가 필요하다고 하실까요? 사장님께서?”

룸미러로 첸의 시선이 느껴졌다.

‘으잉! 어떻게?’

이민호가 자신 없어 하리라고는 추호도 예상하지 못한 듯.

그는 눈을 휘둥그레 뜨고는, 나와 민호를 번갈아 보고 있었다.

그에게 물었다.

“왜요? 무슨 문제라도 있습니까?”

“아, 아닙니다.”

“밤이 어둡네요. 운전에 집중해 주세요.”

“네, 네! 따꺼!”

혹시라도 안 된다는 말이 나올까 무서웠을까?

약간 겁먹은 표정이었다.

피식 웃으며 물었다.

“왜? 나 때문에 네가 할 일이 없을 것 같아서?”

그는 말없이 고개를 끄덕였다.

쓸데없이 폐를 끼치는 게 아니냐는 말이겠지.

"필요에 대한 판단은 네가 하는 게 아니야. 내가 하는 거지."

'난 네가 꼭 필요하다고!'

민호를 보며 천천히 말을 이었다.

"나한테 가장 아쉬운 게 뭔지 알아?"

운전하던 첸이 불쑥 끼어들었다.

"그게 뭡니까? 티…… 따꺼!"

룸미러에 비친 첸이 이렇게 묻고 있었다.

'당신한테도 아쉬운 게 있습니까?'

그에게 미소를 보이며 답했다.

"그건 쓸 만한 사람이 많이 부족하다는 거죠."

실제로 내로라하는 사람은 다 모아놨지만, 그래도 인재에 목이 말랐다.

'그것도 아주 많이!'

첸이 맞장구치며, 고개를 주억거렸다.

"암! 그렇지요. 그렇다마다요!"

'인사(人事)가 만사(萬事).'

대업을 이루기 위해서는 부정할 수 없는 사실!

"그런 나한테 가장 쉬운 일은 뭔지 알아?"

고개를 갸웃하던 이민호가 말했다.

"모르겠습니다."

"돈으로 해결할 수 있는 모든 것이지."

이보다 높은 수익률을 내는 투자가 존재할까?

돈으로 인재의 마음을 사는 것보다!

'그들의 진심을 얻는데, 내가 쓰는 건 고작 돈뿐이라고!'

고작해야 몇십억, 고작해야 몇천억.

그런 거로 사람의 마음을 얻을 수 있다니!

그들에게는 어마어마한 액수일지 몰라도, 내게는 단지 숫자에 불과했다.

"괜히 도움도 안 되는 저 때문에……."

뻔히 보이는 사양이지만, 난 마음에 들었다.

난 아무에게나 호의를 보이지 않거든!

'어찌 되었든, 내 호의를 받아들일 수밖에 없어.'

애초에 선택의 여지를 없애 버렸으니까.

대박의 꿈이 날아가는 순간, 경우의 수는 허공으로 흩어졌고, 그는 절벽 끝으로 내몰렸다.

'그래도 단숨에 받아들이기 과한 호의라는 것을 인식하고 있다는 것!'

적어도 양심이 썩은 인간은 아니라는 증거!

이런 인간은 쉽사리 믿음을 배신하지 않는다.

'호의에 답하면 어머니를 고칠 수 있다는 건 알지만, 너무 염치없다. 이거에 갈등하는 거겠지.'

그의 망설임에 씨익 웃으며 말했다.

"네가 대가 치를 능력이 없을까 봐 걱정하는 거냐?"

이민호는 부끄러움에 상기된 얼굴로 고개를 주억거렸다.

"걱정하지 마라. 그건 내가 알아서 할 테니까!"

무한 복지는 있어도, 무상 복지는 없다.

'네 연구는 못해도 오백억!'

하지만 거기서 그칠 생각은 없었다.

'네 연구를 전 세계로 퍼뜨려주지! 네 이름을 세계인이 다 알도록!'

"제가 아무리 노력한다고 해도…… 그래도 제가 형님보다 먼저 개발하지 못할 겁니다."

'흣! 개발할 자신은 있다는 거지.'

그럼 지금이 딱 좋은 기회군! 발 뺄 기회!

무슨 핑계를 대든 난 이 합금 연구에서 발을 빼내야 했다.

오로지 이민호가 주도적으로 작업을 진행하도록!

같이 있어 봐야, 내게 이득 되는 것은 없었다.

내 얕은 지식만 들통나겠지.

어깨를 늘어뜨린 그에게 말했다.

"아니! 난 이제 이 연구 안 건드릴 거야!"

"네? 왜요?"

당연하다는 표정으로 당당하게 말했다.

"대신할 사람 구했는데, 내가 왜 이런 돈도 안 되는 거에 머리를 써야 해? 그럴 거면 사람을 왜 구해?"

"하지만 저보다 훨씬 더 빨리 만드실 텐데."

그의 말을 귓등으로 흘려보내며, 고개 저었다.

"빨리 안 만들어도 돼. 연습한다고 생각해! 어차피 강철합금은 시작일 뿐이니까."

그러고는 이민호를 보며 눈을 부라렸다.

"꼴랑 이거 한 건 끝내고, 다른 회사 가려고 하는 건 아니겠지?"

화들짝 놀란 이민호가 양손을 허우적거렸다.

"아, 아뇨! 절대, 절대 그럴 일 없습니다."

"이번에 내가 주도해서 한다 치자! 그럼 다음 프로젝트 만들 때는? 그때도 넌 나 없이 못 할 거 아니냐? 언제까지 뒤치다꺼리해 줄까?"

"그래도……."

머뭇거리는 그에게 말을 이었다.

"형! 그렇게 한가한 사람 아니야."

"아! 네, 알겠습니다. 열심히 하겠습니다."

"그럼 너, 오늘부터 내 직원이다?"

"네! 알겠습니다."

공항까지 가려면 시간이 좀 있을 터.

'이민호 스카우트'를 마무리 지을 시간이었다.

'빚 지울 수 있을 때는 일단 지우고 보는 거지.'

금전적 빚은 갚으면 끝나지만, 마음의 빚은 갚아도, 갚아도 이자를 낳는다.

전화기를 꺼내 들었다.

"부사장님, 뇌종양 최고 전문의가 어디 있죠?"

–아! 캘리포니아 주립대 병원이 아닐까요? 작년에 왕 회장님 사모님께서 거기서…….

"그래요? 이민호 모친 캘리포니아 의대에 지급으로 입원시키고, 바로 수술 일정 잡으세요."

–아! 벌써요? 며칠…….

하지만 그의 말은 바로 이어졌다.

–알겠습니다. 바로 전용기 띄우겠습니다.

"불편함이 없도록 최고로!"

–네, 알겠습니다. 다른 지시는 없으십니까?

"이따 공항에서 다시 전화 드리죠."

찰칵!

"고맙습니다. 형님! 이 은혜는 평생……."

왈칵 솟구치는 눈물을 참을 수 없는 듯, 결국 말을 잇지 못하고 양손으로 얼굴을 덮었다.

"한국에 돌아가면 바로 연구 시작할 거다."

이민호는 미안한 표정으로, 입을 삐죽 내밀었다.

"가능할까요? 포항 연구소 쪽에 가서 사과도 해야 하고."

그의 말에 손을 휘휘 내저었다.

'물정 모르는 너한테 맡겨봤자, 시간 낭비야.'

"됐어. 그런 자질구레한 일 잘하는 사람 따로 있어. 넌 그딴 거 신경 쓰지 말고, 연구만 해!"

"감사합니다."

"연습하는 셈 치고 느긋하게 해! 알았지?"

"네, 형님!"

녀석이 결의에 찬 표정으로 입술을 꾹 다물었다.

"시간은 삼 개월. 그 정도면 널널하지?"

미소 지으며 묻는 내게, 이민호는 괴성을 질렀다.

눈알이 튀어나올 정도로 눈을 크게 뜨고.

"혀, 형님! 사, 삼 개월이요? 육 개월도 아니고?"

되레 고개를 갸웃하며 물었다.

"혹시 너? 고작 이딴 걸? 반년이나 낭비하겠다는 거니?"

허허 웃음을 보이며 말을 이었다.

"요거 봐라? 너 지금, 잘 거 다 자고, 놀 거 다 놀면서 하겠다. 그거지? 내가 만만한가 보네?"

"형님, 그런 게 아니라."

"난 원래 한 달 생각했던 거야, 한데 보아하니 네가 아직 경험도 부족하고 많이 모자란 것 같아서 삼 개월이나 준 건데……."

실망 어린 내 눈빛에 이민호는 각오의 목소리를 높였다.

"할 수 있을 것 같습니다. 반드시 해내겠습니다."

이민호의 어깨를 토닥였다.

"믿는다, 민호야."

"걱정하지 마십시오!"

이민호의 목표는 당분간 나여야만 했다.

세상에는 존재하지 않는, 이민호의 머릿속에만 존재하는 천재!

당분간은 그 이미지를 뛰어넘기 위해 노력하겠지. 그리고 더 발전된 모습의 연구자가 될 것이다.

'내가 왜 이러냐고?'

녀석 주변에 있는 사람 중, 녀석과 겨룰 사람이 얼마나 되겠어?

KT팀에 있는 사람 중 실력자는 많았지만, 연구 분야의 전문가는 아직 없었다.

'이걸 시작으로 천천히 모아봐야지.'

저 경박한 녀석이 정상에 올랐다고 생각되면 과연 최선을 다할까?

'또 기고만장해지겠지!'

사람에 따라 다르겠지만, 녀석에게는 막강한 경쟁자가 필요해 보였다. 그것도 웬만한 노력으로는 도저히 따라잡을 수 없는 경쟁자라면 더할 나위 없지!

물론 나중에는 내가 연기한 사실을 알 때가 오겠지만!

'그때 돼서 욕하든지!'

이민호에게 물었다.

"미립자 분체도장기 써 봤냐?"

"아뇨. 그게 뭔데요?"

"사줄 테니까, 틈틈이 사용법 익혀둬라."

"그건 뭐 때문에요? 필요 없는데요?"

피식 웃으며 답했다.

"내가 생각하는 수준에 오르면, 그게 필요해진다."

"네?"

'네가 그걸로 합금의 가공성을 높이게 되니까.'

방법은 알고 있었지만, 지금까지 말해준 것만 해도 충분히 많은 힌트를 준 거였다.

'스스로 깨달아야 성장하거든!'

그의 물음을 무시하며, 말을 이었다.

"연구에 도움이 될 사람 있으면, 지금 얘기해."

잠시 고민하던 그가 말했다.

"혹시 외국인도 가능합니까?"

"얼마든지."

"아직 연구소와 계약이 안 끝난 사람이라서, 좀 어려울 수도 있습니다."

'네가 걱정할 게 아니거든!'

작게 한숨 쉬었다.

"쓰읍! 그래서 누구?"

"독일…… 라이프니츠 연구소에서 주임 연구원으로 일하고 있습니다."

"이름은?"

"하인리히 하이젠베르크입니다."

"알았다. 사흘 후에 널 만날 수 있게 해주지."

슬슬 퍼즐이 맞춰져 가고 있었다.

'삼 개월. 그 안에 무슨 수를 쓰든 만들게 해주지. 난 본전은 반드시 뽑는 사람이니까.'

뒷좌석에 등을 기대자, 룸미러에 첸이 보였다.

기가 차다는 표정으로 혀를 내두르고 있었다.

공항에 도착하자, 이민호가 휴대폰을 두 손으로 부여잡고 말했다.

"형님! 엄마 전화 왔는데, 좀 받아도 될까요?"

"그래. 그러도록 해. 아무 염려하지 마시라고 전해드리고."

부사장의 신속한 일 처리!

'우선순위를 정확히 아는 양반이란 말이야!'

지금도 모친이 이민호에게 전화하도록, 알게 모르게 유도했을 테지.

이로써 이민호는 더욱 확실하게 마음을 잡을 것이다.

첸도 다급하게 움직였다.

"티켓 끊어 오겠습니다. 잠시만 기다리시지요. 이따 라운지로 안내하겠습니다."

첸이 사라지고, 부사장에게 전화를 걸었다.

-전화 기다리고 있었습니다, 팀장님! 어떻게 벌써 데리고 오시는 겁니까?

궁금한 게 많은 듯, 말을 줄줄이 쏟아냈다.

하지만 내일 바로 연구를 시작하려면, 준비해야 할 게 많았다.

"운이 좋았습니다. 연구실 하나 마련하시고, 포항 연구소에 있는 상이금속 밀도 제어기, 지금 즉시 가져오세요. 가면 바로 연구 시작하도록!"

-네, 알겠습니다.

"그리고 미립자 분체도장기라는 기계, 최고급으로 구해주세요. 늦어도 사흘 내로."

-네, 염려 마십시오.

그라면 수단과 방법을 가리지 않고, 임무를 수행할 것이다.

"그리고 이민호 수배 걸린 거랑 포항 쪽, 깔끔하게 정리해

주세요. 김포에 들어갈 때 아무 문제 없게끔!"

–네, 바로 처리하겠습니다. 다른 지시사항은 없으십니까?

"네, 그 정도면 급한 불은 끄겠군요."

전화를 끊으려는데, 부사장이 말했다.

–팀장님, 이건 제 노파심일지 모릅니다만…….

"기탄없이 말씀해 주세요."

그는 KT팀의 사업으로는 내게 절대 간섭하지 않았다. 옆에서 조력할 뿐.

그렇다면 그룹 내부 문제를 말하려는 것이리라.

사업은 내가 주도한다고 해도, 현재그룹의 소식에는 그가 훨씬 더 밝았고, 또한 그가 중간에서 잘 조율했기에, 나는 계열사들의 간섭에 신경 쓰지 않고 일만 할 수 있었다.

'당신이 있었기에 가능했다고.'

배트맨에게 알프레드가 있다면, 내게는 곽 부사장이 있다고 할까?

그리고 그동안 그의 일 처리를 봐온 나는 그를 완전히 신뢰하고 있었다.

그는 잠시 고민하다 말을 이었다.

–이번에 연구소 개설하면, 계열사에서 움직임이 있을 것 같습니다. 특히 현재철강에서.

충분히 예상 가능한 일이었다.

"네. 하지만 크게 신경 쓰지 않으셔도 되지 않을까요?"

그는 나보다 계열사의 공기에 민감하니 이런 말을 하는 것이리라.

대수롭지 않은 듯 말을 이었다.

"우리는 분명히 제안했습니다. 그것도 가장 좋은 조건으로! 그걸 걷어찬 건 저들이라고요!"

정론이지 않은가?

—하하하. 그렇기는 합니다만…….

"협상도 여지가 있을 때나 재개하는 거지. 제 눈에는 협상할 의지가 전혀 없어 보이던데요?"

내 단호한 말에 부사장이 머뭇거렸다.

—그게 저…….

"말씀하세요."

—일차 협상이 어제였습니다.

"그래서요? 아!"

그의 염려가 무엇인지를 깨달았다.

'너무 급하게 진행했나?'

협상 결렬 후 24시간도 안 지나서 연구소를 만들면, 나 대신 설명해야 하는 부사장의 입장이 좀 난감해지리라.

마치 협상이 파투나기를 기다린 것처럼 보일 테니까!

그 왜, 조율하는 부사장의 입장이라는 것도 있지 않나?

그렇다고 실책이라고 생각지는 않았다.

"그래도 이렇게 하지 않으면, 프로젝트에 지장이 생겼을 거라고요! 질질 끌려 다니고 싶지도 않았고!"

투덜거리자, 그는 차분히 말했다.

—이를 말씀입니까? 다만 사흘 정도만 시간이 있었어도, 협상이 안 될 것 같다는 분위기를 풍기게 만들었을 텐데…….

그가 말을 이었다.

―이렇게 빨리 이민호를 끌고 올 줄은 저도 미처 생각지 못한 터라……. 준비할 시간이 없었습니다. 하하하.

'나도 이렇게 빨리 녀석을 끌고 갈 거라고는 생각 못 했다고요!'

무안함에 헛기침하며 말을 이었다.

"흠흠! 좀 급하게 진행하기는 했네요."

―그래서 말씀입니다만.

"네, 말씀하세요."

―현재 쪽에서는 우리가 협상이 결렬되기만 기다린 걸로 오해할 겁니다.

"흥! 자기들이 싫다고 해놓고는! 오해든 뭐든, 덤비면……."

―물론 그것도 좋은 방법입니다만……. 흠흠.

부사장이 심하게 헛기침을 해댔다.

그들과 직접 싸워야 하는 건, 자신이라는 말을 하고 싶은 거겠지.

―팀장님께서는 가급적 충돌을 피해오셨습니다.

'말 돌리시기는…….'

어찌 되었든, 부사장 입장에서 나에게 직접 하라는 말을 할 수는 없을 테니.

"그쪽에서 어떻게 나올까요?"

―주식 보유분을 모아서, 사장님을 압박할 수도 있지요. 사실 그것 외에 달리 방법이 없습니다.

사장의 경영에 간섭하겠다는 말이리라.

"하긴 내가 이렇게 일하는 건 사장님 배려도 한몫했으니……."

–네. 팀장님께서 편하게 일하도록 해주시죠.

"흠, 알겠습니다. 그래서 어떻게 하시려고요?"

–계열사 주식을 추가로 매입해 두면 그들의 공격에서 좀 더 여유롭지 않을까 싶습니다. 성가신 일은 미리 피하는 게 좋지요.

부사장의 말도 일리가 있었다.

'귀찮게 힘겨루기 따위 할 생각 없거든.'

이럴 때를 대비해서 주식을 가지고 있었는데, 부사장은 지금 보유분으로도 부족하다고 판단하는 모양이다.

"지금 얼마나 있죠?"

–현재 보유분은 계열사별로 대략 5%대입니다만, 10%까지 올렸으면 합니다.

고개를 끄덕이며 답했다.

"네. 그 건은 알아서 진행하십시오."

저기서 첸이 오는 것이 보였다.

"참! 그리고 이번에 저 안내한 '첸'이라는 사람 이력 파악해 보세요."

–왜 그러십니까? 혹시 실례되는 일이라도?

"아뇨. 그런 건 아니고, 쓸 만한 친구 같아서요."

–아! 알겠습니다.

아직 통화 중인 이민호에게 따라오라 손짓하고는, 첸과 작은 라운지로 향했다.

차를 내밀며, 첸이 입을 열었다.

아까 즐거운 모습과는 사뭇 다른, 진지한 분위기.

"팀장님, 이 첸! 오늘 진정으로 감탄했습니다."

"왜요?"

"이민호를 정말 오늘 처음 만난 사람이 맞는가 하는 착각이 들 정도였습니다."

슬며시 웃으며 물었다.

"그렇게 보였습니까?"

첸이 감탄한 표정으로 고개를 주억거렸다.

"네. 솔직히 저도 사람 다루는 일은 남 못지않다 생각했었는데, 오늘부로 생각이 완전히 바뀌었습니다."

"과장님께서 분위기를 잘 잡아주신 덕이죠."

"말을 냇가로 데려가는 것과 물을 먹이는 건 차원이 다른 이야기지요."

"나머지는 임기응변일 뿐입니다."

조사가 선행되었기에 가능한 일이었고, 내가 알고 있던 이민호의 미래 모습도 약간은 도움이 되었지만.

"하! 그게 어떻게…… 임기응변입니까? 저조차도 처음부터 수행하지 않았다면 절대 믿지 못했을 겁니다."

그리고 그가 말을 이었다.

"KT팀의 실권자는 부사장이 아니라, 젊은 팀장이라기에, 그저 그냥 소문으로 치부했었는데…… 오늘에야 진실임을 알겠군요."

"여기도 그런 소문이 있나 보군요."

나는 의미심장한 미소를 짓는 그를 보며 잠시 생각에 잠겼다.

'첸, 유능한 사람임은 틀림없는데.'

아직 신뢰한다고 확신할 수는 없지만, 그에게는 능수능란한 상황 대처력이 있었다.

'조조가 떠오른다고 할까?'

내가 출발하고 세 시간도 안 되는 짧은 틈에 이민호를 잡아둔 것은 분명한 그의 실력!

물론 운도 있겠지.

하지만 내게 운이란, 실력을 보조하는 그 어떤 것에 지나지 않는다. 노력하지 않는 자에게, 그리고 실력 없는 자에게는 운이 따르지 않지.

'아니, 정확히 말하면 설령 운이 따른다고 해도 그걸 잡을 실력이 없다는 게 정확한 표현이겠지.'

절대로 실력을 폄하할 근거가 되지는 못한다.

운도 실력이라는 말은 뒤로하고라도 말이다.

'하지만 첸은 그 운을 극대화했다고! 내가 눈을 떼지 못할 정도로.'

마치 나를 기다리기라도 한 듯, 정확한 타이밍에 이민호와 만나게 만들었다.

그러고는 소장을 혼내는 연기로 이민호를 잡을 분위기를 만들어 줬지!

'이것도 운이야? 절대 아니지!'

그래서 나는 첸을 다른 일을 맡기려고 했었다.

CS팀에서만 썩히기에는 아깝다는 생각이 드는 인재였으니까.

'그런데 왠지 찜찜하단 말이지.'

능력 있는 자를 발견했는데, 쓰기가 찜찜했던 적은 처음인데?

이유가 뭘까?

길을 가다가 칼을 보면 줍는 게 당연한 이치!

왜냐고?

'내가 먼저 줍지 않으면, 언젠가는 다른 사람의 손에 들릴 테니까!'

그리고 나를 위협하겠지.

칼의 의지가 무에 중요하랴?

"왜 그런 생각을 하셨습니까?"

내 물음에 첸은 어깨를 으쓱하며 답했다.

"수행하다 보니, 자연스레 확신이 들더군요."

"근거는요?"

공항에서의 부사장과의 통화를 들었을 리가…….

"아! 오는 도중에."

부사장과 통화를 했었군. 이민호를 기쁘게 해주기 위해 했던 통화!

그때도 첸은 계속 나를 주시하고 있었다.

'이민호를 얻은 기쁨에 너무 신을 냈군.'

운전석에 첸이 있다는 걸 알면서도, 습관적으로 부사장을 언급한 게 실수!

하나 그걸 첸이 안다고 문제될 것도 없는데.

'그런데 묘하게 신경 쓰인다고. 계속 힐끔거리던 게!'

그는 운전 중에도 계속 내게서 시선을 떼지 않았다.

단지 내 신경이 이민호에 쏠려 있어서 민감하게 느끼지 못했던 것일 뿐.

'나를 잘 수행하기 위한 건데?'

그는 아무런 잘못이 없었다.

'다른 이유가 있나?'

고개를 갸웃하다가, 생각이 퍼뜩 떠올랐다.

'곧 중국 주석이 바뀌지! 왜 이걸 잊고 있었지?'

가슴이 뜨끔해졌다.

'아! 그게 난세인가?'

중국발 변화의 바람이 일어나고 세계의 경제 판도가 뒤바뀐다.

'지나치게 영악한 조조. 신경 쓰였던 게 이것인가?'

중국의 변화!

'곧 주석이 바뀌지. 장쩌민에서 후진타오로.'

그에 따라 중국의 대외정책도 변화를 맞는다.

한국처럼 작은 나라는 중국의 변화에 몸살을 앓을 수밖에 없었다.

그 여파라고 해야 할까?

'좀 있으면, 중국에 진출했던 한국 기업들이 대거 국내로 쫓겨 오게 된다고.'

늦어도 3, 4년 이내에 실현될 미래.

거대한 소비 시장에 매혹된 한국 기업들이 너나 할 것 없이 중국에 공장을 세웠지만, 갖가지 이유로 벌거숭이가 되어 쫓겨난다.

'투자금도 못 건진 곳도 있었지. 아마!'

명목상의 철수 이유는 다양했지만, 결과론적으로는 중국 정부의 지나친 '자국 기업 보호' 때문이 아니었을까?

'준비가 부족했던 대가치고는 꽤 타격이 컸지.'

외국계 기업이 몽땅 쫓겨나는데, 거기서 KT라고 온전할 수 있을까?

'지금으로선 아무것도 확신할 수 없어.'

이미 철수하기엔 늦었으니, 최대한 피해가 작도록 막겠지만, 그건 손절매일 뿐, 이득은 아니다.

그때 외국인들이 차지하고 있던 사장 자리를 차지한 것은 중국인이었다.

'순식간에 돈방석에 올랐지!'

이게 첸의 등용과 무슨 상관이 있느냐고?

'내 눈에는 첸이 조조처럼 보이거든!'

〈삼국지연의〉의 허소가 조조를 평하기를, '치세의 능신이요, 난세의 간웅!'이라 하지 않던가?

그리고 치세인지 난세인지 구분하는 것은 지극히 첸 자신의 주관적인 판단일 터! 그때 만약 내 편이라면 방패의 역할을 훌륭히 해낼 테지만, 적이라면 정확히 KT의 급소를 찔러 올 인물!

'아는 만큼 보인다지. 나라면 탈탈 털어먹을걸!'

그리고 내 입의 혀처럼 구는 사람이 다른 사람에게도 그러지 않는다는 보장이 어디 있어!?

'첸의 입장에 나를 대입해 보면, 답은 금방 나오지! 그 변화의 바람을 어떻게 이용할지!'

그가 KT의 직원이라고 내 사람이라고 확신할 수 있어?

'훗. 이것 때문에 뒤통수가 간질거렸던 거군.'

지금까지 보고 느낀 첸에 대한 것들을 다시 복기해 볼 수밖에 없었다.

무슨 생각으로 하고 많은 기업 중에 KT에 들어왔을까?

첸은 공안을 관둔 이유가 애들에게 부끄러워서라고 했지만, 그 이유가 과연 몇 프로의 비중을 차지할까? 그리고 그가 변혁의 시기에 내 쪽으로 칼날을 돌린다면, 나는 어떻게 대처할 것인가?

'어중간한 관리자는 첸에게 일초지적도 안 될걸?'

빼앗기는 줄도 자신의 밥줄을 빼앗길 터!

웃고 있는 첸에게 마주 미소를 지었다.

'처음부터 새롭게 시작해 보자고! 첸!'

그는 다 안다는 듯, 능글맞게 웃고 있었다.

"평범한 팀장은 부사장에게 지시하지 않죠."

첸이 벌써부터 딴마음을 먹을 리는 없지!

내가 초점을 맞추고 싶은 건, 삼 년 후였다. 변화의 시기에 그는 어떤 선택을 할 것인가?

어지간한 사람이라면 이리 신경 쓰지 않는다고! 다른 선택을 생각하기 어려울 정도의 대우를 해주니까.

'하지만 내가 부리는 직원이 언제 돌변할지 두려워하면서 쓸 수는 없잖아.'

내 선택은 두 가지.

확실히 내 사람으로 만들든지!

아니면 위험요소를 완벽하게 제거하든지!

'꼽게 생각하지는 마셔! 뛰어난 만큼 위험한 법이거든.'

그러게. 왜 내 눈에 띄었냐고!

"그렇게 보였습니까? 그보다 물어보고 싶은 게 있습니다."

부드럽게 웃으며 말하자, 그는 어깨를 으쓱했다.

"뭡니까? 제가 아는 거라면 얼마든지 대답해 드리죠."

"중국 정부는 한국 기업의 진출에 대해 어떻게 대처할까요? 지금. 그리고 앞으로."

진지한 물음에 그의 표정도 바뀌었다. 천천히 찻잔을 놓고는, 입술을 삐죽 내밀었다.

"글쎄요. 공안에서도 미관말직이었던 제가 뭘 알겠습니까? 높은 사람들의 생각을……."

한발 물러서는 그에게 물었다.

"전 당신의 의견을 듣고 싶은 거죠."

사실 그의 의견에 큰 의미가 있는 건 아니었다. 삼 년 후 이야기를 하기 위한 밑밥이니까.

그는 고민이 되는 듯 작은 한숨을 쉬었다.

"휴. 대답하기 어려운 질문을 하시네요, 팀장님."

"어렵다, 라……."

그는 머쓱하게 웃었다.

"네. 셀 수도 없이 많은 한국인을 만났습니다만, 그걸 물어본 분은 팀장님이 처음이십니다."

물어볼 이유도 없었을 것이다. 한창 잘나가고 있는데, 미래를 걱정하는 사람이 얼마나 될까?

지금까지처럼 잘나갈 거라 장밋빛 미래를 꿈꾸었을 것이고.

그는 옅은 미소를 띤 채, 입술을 매만지며 내게 물었다.

"갑자기 그걸 여쭈시는 이유가 뭡니까?"

내 질문의 의도를 파악하고 싶어서일까?

호기심 가득한 얼굴.

멋쩍은 웃음으로 대응했다.

"뭔가 변화가 있을 것 같은 예감이랄까요?"

"변화라……."

한참이나 입술을 매만지던 그가 입을 열었다.

"앞으로의 변화라고 하면, 공산당의 세대교체가 떠오르는군요."

"네. 내년 중국에서 가장 큰 이슈가 되겠죠."

누구나 능히 예상할 수 있는 일!

고개를 끄덕이자, 그는 말을 이었다.

"하지만 그동안 장쩌민 주석이 다른 뭔가를 시도하지는 않을 겁니다. 임기 마무리하기 바쁘니……."

"그 뒤에는요?"

"일단은 부주석 후진타오가 가장 유력하지만, 정권을 쥔다고 해도 한동안……. 어쩌면 계속 장쩌민에게 눌려 있을 가능성이 크다고 전문가들은 예측하죠. 그런 상황에서 변화라……."

큰 변화는 없으리라 예측하는 모양이었다.

"만약 후진타오가 정권을 틀어쥔다면요?"

"어렵습니다. 팀장님께서 중국 국내 상황을 잘 모르셔서 그렇게 생각하시는 거 아닐까요?"

내 걱정이 기우라는 듯, 그는 고개를 저었다.

"그게 일반적인 중국인의 예상이겠지만 제 예상은 전혀 다릅니다."

"네?"

중국인도 아닌 당신이 어떻게 그걸 확신하느냐는, 의혹의 시선!

의아해하는 그에게 차분하게 말을 이었다.

"이미 물밑 작업은 시작되었습니다. 장쩌민이 눈치채지 못할 정도로 조용하게."

"진, 진짜입니까?"

그러면서 주변이 신경 쓰이는 듯, 다급히 고개를 숙이며 작은 소리로 물었다.

"그건 전혀 생각을 못 했는데, 확신하시는 이유라도……."

근거는 필요 없다.

나만이 아는 역사가 그렇게 말하고 있거든!

"그건 두고 보시면 알 일이고."

단호하게 말을 이었다.

"확실한 건, 완전한 정권 교체까지 채 삼 년이 걸리지 않을 거라는 사실입니다."

고개를 저으며 되레 내게 되물었다.

"에이. 설령 그렇다 쳐도, 걱정하실 게 있을까요? KT 정도의 탄탄한 팀이라면."

"그러면 좋겠지만. 해일이 오면 어떤 식으로든 피해를 입지 않을까요?"

"해일이요? 그 정도로 큰 변화라고 예상하시는 겁니까?"

고개를 끄덕였다.

그의 말대로 충분히 버텨낼 수는 있겠지.

'하지만 그것만으론 부족하지.'

위기를 억지로 버텨내는 건, 차선의 선택. 아예 그 위기를 피하는 게 최선이다.

다른 기업은 다 망해도, KT만큼은 승승장구하게 하는 것!

'그걸 위해서는 당신이 꼭 필요한데, 삼 년 후에 당신이 어디에 서 있을지 확신이 안 선다고.'

대우를 얼마나 잘해주느냐 와는 다른 문제!

일을 시켜보면서 그의 성향을 파악하면 되지 않느냐고?

'가까운 미래에 적이 될 수도 있는 사람을, 내 심장부에서

키우라는 말이야?'

내 노파심이라 할 수도 있지만, 난 그런 의심이 자꾸 드는 걸 어떡해!

그가 숨을 크게 들이쉬며 물었다.

"대체 어떤 변화를 예상하시는 겁니까? 저는 감도 잡히지 않는군요."

'과연 말해줄 필요가 있을까?'

어떤 바람이 불어도, 그 바람을 타고 자신의 길을 찾아갈 인물이다.

'그 바람이 불지 않아 때를 얻지 못한 거지.'

"저는 도무지 그렇게 말씀하시는 연유를 모르겠습니다. 지금 중국의 외국 기업들이 얼마나 잘나가는지, 팀장님도 아시잖습니까?"

첸은 간절하게 내 대답을 원하고 있었다.

'어중간한 믿음을 강요하느니, 이런 인물에게는 확실한 기준을 주는 게 나아.'

역사의 흐름을 확인하고도, 내게 칼끝을 향할 담량이 있을까?

눈짓으로 옆자리를 가리켰다.

첸은 즉시 일어나 내 옆으로 다가와, 귀를 바짝 갖다 댔다.

"후진타오가 정권을 완전히 틀어쥘 때쯤이면, 중국은 외국 기업의 겉으로 보이는 생산 기술은 몽땅 카피할 수 있을 겁니다. 물론 설비까지."

내가 무슨 말을 하려는지 눈치를 챈 모양. 그의 얼굴이 붉어졌다.

"더는 얻을 게 없다고 생각되면? 후진타오가 계속 놔둘까요? 중국인의 노동력으로 외국인이 돈을 버는 걸?"

"그, 그러면 아마도 토사구……."

중국 역사상 가장 도가 바닥에 떨어진 순간은, 토사구팽을 행할 때가 아니었을까?

한 고조 유방은 제국 통일의 일등공신, 한신에게 무고한 죄를 뒤집어씌워 무참하게 죽였다.

"첸, 중국인은……."

조용하게 말을 이었다.

"입으로는 신의를 말하면서, 손으로는 실리를 챙기죠."

보일 듯 말 듯, 첸은 미간을 좁혔다. 그의 이마에는 송골송골 땀이 맺혀 있었다.

애들 보기 부끄러워, 공안을 관뒀다는 말을 할 정도면, 최소한의 도리는 알겠지.

"부끄러워할 필요 없습니다. 원래 그런 거니까."

그 이후 중국은 자타공인 '세계의 공장'이 된다.

어떤 대꾸도 않는 그에게 물었다.

"그들을 몰아낼 때, 누가 그 공장을 운영할 수 있을까요? 우리 KT의 건설 기술은?"

"……."

"분명히 거기에 근무하던 중국인들이겠죠? 그건 그 사람들에게 기회가 되지 않을까요?"

"그렇다고 제가……."

"전 당신이 난세의 조조로 보입니다. 당신이 그런 미래를 예측하지 못했다 해도, 만약 그런 상황이 오면?"

'일생일대의 기회를 놓치고 싶을까?'

나의 곁눈질에 그는 다급히 고개를 숙였다.

"내 말에 아니라고 부정할 수 있습니까?"

"끄응!"

항상 느물거리며 웃던 그가 신음을 뱉었다.

그가 침울한 음성으로 물었다.

"그렇다고 제가 할 수 있는 게 많다고 생각하지는 않습니다."

'당신은 하고도 남지!'

부정하는 그의 속내를 비웃으며, 단호하게 찔렀다.

"낭중지추(囊中之錐)!"

움찔하는 그에게 말을 이었다.

"남들이 봐주지 않으면, 당신은 스스로 볼 수밖에 없게 만드는 재주가 있지요. 아까 제게 그러셨던 것처럼!"

낭중지추란, '주머니 속의 송곳'이라는 뜻이다.

재주가 뛰어난 자는 숨어 있어도 남의 눈에 저절로 드러난다는 의미.

"끄응!"

첸은 재차 신음을 내며, 입술을 비틀었다.

그를 지긋이 보며 미소 지었다.

'내 눈에는 당신이 뭘 할지 뻔히 보인다고!'

그때가 되면, 기계를 돌리던 중국인 말단 직원은 공장장이 될 것이다.

어쩔 수 없잖아!

그 기계 돌리는 기술을 그밖에 모르니, 아무도 홀대하지 않을걸.

기껏 헐값에 양도받은(?) 기계를 무용지물로 만들어서야, 양도받은 의미가 없을 테니.

'당신은 거기다 적절하게 양념도 칠 줄 알지.'

공산당의 높은 분이 보기에는 마법을 부린 것처럼 보일 것이다.

그리고 첸은 그런 연기를 능청스럽게 잘한다.

'아주, 아주 자연스럽지!'

아무 말 못 하고 신음만 뱉는 그에게 말했다.

"아까 제가 능력에 맞는 대우를 한다고 말했던가요?"

"네, 하셨습니다."

그의 대답에 고개를 끄덕이며 말을 이었다.

"그 대우는 적에게도 동일하게 적용됩니다."

내 눈을 보며 그는 무슨 생각을 하고 있을까?

'할 수 있으면 해봐!'

그는 잠시 시선을 맞추다, 다시 눈을 깔았다.

'당신 입장에서는 중국 파이가 더 커 보일 거야. 공산당의 높은 자리가 더 많은 것을 보장하는 것으로 보일 테니!'

고민하는 그에게 말을 이었다.

"그때가 와도, 이거 하나는 명심하세요. 중국에 바람이 아니라 광풍이 분다 해도, KT는 탄탄할 겁니다."

"어, 어떻게……?"
의아해하는 그에게 입 끝을 올렸다.
"제가 그렇게 만들 테니까요."
눈을 끔뻑거리는 첸에게 물었다.
"제가 못 할 것 같은가요?"
날 보던 그가 멍한 표정으로 고개를 저었다.
"아니오. 알고도 대처를 못 하시는 분이 아니시죠. 팀장님께서는"
'사실, 내가 말한 미래가 정확히 맞아떨어지느냐 하는 건 그다지 중요하지 않다고!'
상황이 변할 때, 첸이 어떤 행동을 취하느냐가 중요하지.
'그래! KT가 탄탄할 거라는 내 말은 허풍이지!'
하나 내가 말한 미래가 대충 들어맞는다면, 과연 그가 나를 거스르면서 모험을 시도할 수 있을까?
변화가 없으면?
그럼 애초에 첸이 딴마음 먹을 이유가 없잖아?
'위기 상황에만 대처하면 되는 거 아냐?'
내 예언이 좀 틀렸다고 큰일 나는 것도 아니고!
느긋하게 등받이로 기대며 물었다.
"자! 단도직입적으로 묻겠습니다. 삼 년 후 당신은 누구와 함께 있을 겁니까?"
지긋한 내 눈길에 그가 몸을 움찔 떨었다.
"팀장님은 정말……. 무서운 분이군요."
그러고는 뒷주머니에서 손수건을 꺼내, 이마에 맺힌 땀을 훔쳤다.

나는 선택을 강요하고 있었다.

그의 선택에 따라, 처우가 달라진다는 것 또한 알고 있으리라.

'당장 위기를 모면하는 게 중요하지 않다고!'

지금 한 말을 번복하는 순간, 난 당신을 파멸시켜 버릴 테니까.

'중국 시장을 포기하는 한이 있더라도.'

내 눈빛이 말하는 걸 눈치챘음인가?

그의 고민이 길어졌다.

연신 이마를 훔치며, 입술을 달싹거리고 있었다.

'어떤 게 이득일지 주판알 튕기는 거겠지.'

하지만 그때 당신에게 가치가 생기는 이유는, KT에 대해 잘 알기 때문이지.

다른 기업에 들어갈 수도 있겠지만, 그 가치가 KT보다 높기는 지극히 어렵다.

'열심히 계산하셔!'

급한 건 내가 아니거든!

팔짱을 끼고, 가만히 눈을 감았다.

한참 후, 식은 차를 단번에 들이켜고는 입을 열었다.

"크. 못 당해내겠습니다."

그의 말에 조용히 눈을 떴다.

"계산은 끝나신 겁니까?"

"쩝. 도대체 그런 정보는 어디서 알아내신 겁니까? 저는 상상조차 못 해봤는데?"

그런 대답을 바라는 게 아니거든! 알려줄 생각도 없고!

가만히 있자, 그가 말을 이었다.

"아까 말씀하셨을 때, 혹한 건 사실입니다. 팀장님 말씀대로 된다면……. 휴. 못해도 뱀 대가리는 되는 거 아닙니까?"

"……."

"왜 하필 접니까? KT에 인재들이 넘쳐나던데요."

"한국인은 안 됩니다."

"그러니까 왜요? 왜 저냐고요?"

'당신 정도 능력 되는 사람은 못 봤으니까.'

하지만 그보다 더 큰 이유가 있었다.

왜 한국인은 안되냐고?

다르게 생각하면 더 이해가 빠르지 않을까?

조선 시대, 고을에서 가장 힘센 사람이 누구냐고 묻는다면, 사람들은 누구라고 답할까?

사또?

이렇게 답한다면, 그는 세상에 어두운 자이리라.

그럼 누구냐고?

'나라면 육방(六房)의 이방이라고 말할걸!'

육방이란, 조선 시대 수령을 보좌하던 향리를 말한다.

이방, 호방, 예방, 병방, 형방, 공방이 그들이다.

사또의 수발이나 드는 그들이 왜 더 강하냐고?

간단하지. 더구나 백성 입장에서 보면 사또는 바뀔지언정,

향리는 바뀌지 않는다. 고을의 대소사를 소상히 알며, 백성과 얼굴을 맞대며, 그들을 직접 통치하는 향리!

사또는 백성을 모르지만, 향리는 어제 김 서방네 암퇘지가 새끼 열 마리 낳은 것도 안다.

그럼 백성은 누구를 더 신뢰했을까? 그리고 더 두려워했을까?

향리 중에서도 최강자는 이방이 아닐까?

그것도 사또를 따라온 이방이 아닌, 토박이 이방!

그 '힘'을 '영향력'이라 본다면, 내 생각에 이견을 달기 어려우리라. 똑같은 말일지라도, 동네 사람이 하면 인사지만, 외지인이 하면 욕이 되는 말도 있다.

'그 미묘한 뉘앙스를 외지인은 평생 가도 모르거든! 그게 당신을 선택한 이유야!'

입술을 씰룩이는 그의 말을 무시하며 말했다.

"그래서 대답은요?"

"KT에 뼈를 묻겠습니다."

"그 마음 변치 않기를 바랍니다."

그는 내 시선을 피하지 않았다.

"절대 변하지 않겠습니다."

그의 대답에 나도 남은 차를 들이켰다.

"바로 연락 가겠지만, 내일부터 CS팀으로 안 나가셔도 됩니다. 한국에 도착하는 대로 바로 부사장에게서 인사 발령과 지시가 내려갈 겁니다."

"휴! 알겠습니다. 바로 업무지시입니까?"

"네. 그만한 대우를 해주니까."

바로 말을 이었다.

"중국 정부의 대처에 필요한 인선 파악해 두세요. 꼭 KT 팀이 아니라도 됩니다."

"제 소속은 어디입니까?"

"부사장 직속입니다. 나와 그의 지시 말고, 다른 건 무시해도 됩니다. 설령 중국 지사장이라 해도!"

"……."

눈을 홉뜨는 그에게 물었다.

"혹시 지사장 지시를 받고 싶은 겁니까?"

그가 멋쩍게 웃으며, 이빨을 보였다.

"너무 놀라서 그랬습니다. 윗분은 적을수록 좋은 거 아니겠습니까?"

그가 진중하게 말을 이었다.

"구체적으로 제게 원하시는 게 뭔지 여쭤도 되겠습니까?"

"KT를 중국의 국민 기업으로 만들어 놓으세요."

"네……. 네? 국민 기업? 그게 뭡니까?"

"인민 기업이라고 합시다. '인민에게 무한 사랑을 받는 기업이다.' 그 뜻입니다."

KT의 품질은 누구나 엄지를 치켜든다. 그러니 품질 면에서는 하등의 문제가 없다.

하나 쫓아내려고 하면 무슨 수를 안 쓰겠어?

가장 염려되는 것은 이미지였다.

중국 인민을 착취한다는 이미지, 중국 것을 빼돌린다는 이미지 등.

'이미지 손상에는 대응하기 어렵다고.'

흑색선전에는 경계가 없는 법!

'하지만 성역은 있지!'

먼저 좋은 이미지를 심어두면, 좀처럼 쳐내기 어렵지.

지금부터 삼 년간, 끊임없이 중국인의 뇌리에 'KT는 좋다. 선하다'라는 이미지를 심으면 어떻게 될까?

씨익 웃으며 말을 이었다.

"다른 기업은 다 쫓아내도, KT만큼은 그런 소리를 할 수 없도록 이미지를 만들어 두세요. 중국인에게 사랑받는."

그를 보며 말을 이었다.

"중국인인 당신이 중국을 가장 잘 이해하겠죠."

"사, 상당히 어려운 주문이군요."

이런 오더는 생각 못 했는지, 첸은 대놓고 얼굴을 일그러뜨렸다.

'쉬운 일이면 당신을 왜 시켜!'

"대신 원하는 건 뭐든 지원하죠."

첸이 직접 할 필요는 없다.

결과를 만들어 내기만 하면 되는 것!

"전문 광고인을 쓰든, 입소문을 내든, 공무원을 구워삶든 상관하지 않겠습니다."

그의 눈 밑이 씰룩거렸다.

"그, 그 말씀은 전방위적으로 모두 커버하라는……."

"그 정도 되어야 인민의 기업이죠."

왜 이렇게 돈을 쏟아부을 각오를 하느냐고?
중국은 세계 최대의 소비 시장이라고!
전 세계 유명 기업들이 물러난 중국은…….
'말 그대로 무주공산이지!'
그 시장을 내가 독차지하는데, 돈이 아까울 리가 없지!
그가 주저하며 물었다.
"최선을 다했는데도, 만약 원하시는 결과가……."
"뭐든 지원한다고 했습니다만?"
큰 권한에는 그만한 책임이 따른다.
주저하는 그에게 말을 이었다.
"전 능력 이상의 일을 맡기지 않습니다."
확신의 말이었지만, 그는 여전히 자신감이 없어 보였다.
그의 주저함에서 보이는 묘한 씁쓸함.
'그 능력을 갖추고도, 얼마나 삶이 힘들었으면.'
난 그 이유를 알고 있었다.
'뭐냐고?'
그의 상관들이 정말 첸의 실력을 못 알아봤을까? 낭중지추의 묘를 부리는 인간인데?
분명히 알아봤을걸!
그런데 왜 그를 중히 쓰지 않았을까?
'간단하지. 치졸한 인간이니까!'
그들은 용납하기 싫었을지도 모른다. 자신의 부하가 순식간에 위로 올라가는 모습을.
'관료 조직의 서열은 쉽사리 바뀌지 않는다고! 부하가 치

고 올라오는 것도 싫어하고!'

오히려 이후로는 그의 실력을 자신의 상관이 모르도록, 일부러 한직으로 돌렸을 가능성이 크다. 게다가 어떤 정신 나간 탐관오리가 청백리를 머리 위에 두고 싶어 하냐고!

'당신이 그랬잖아.'

상인들 돈 뜯는 게 부끄럽다고!

이유야 어찌 되었든, 그는 그렇게 찍혔으리라!

그도 처음에는 실력을 보이기 위해, 노력했을지도 모른다.

'그때는 몰랐을 테니까. 능력을 보일수록 자신을 더 옥죈다는 걸!'

그리고 환멸을 느꼈겠지.

하나 목구멍이 포도청이니, 계획도 없이 일을 관둘 수는 없었을 테고!

그가 입술을 깨물었다.

"저 같은 게 뭘 알겠습니까? 팀장님의 안목을 믿습니다. 하지만……."

"당신은 반드시 할 수 있습니다. 반드시!"

"……."

"그게 아니면, 실패 후의 처우를 듣고 싶은 겁니까?"

누누이 말하지 않았던가?

확실한 대우를 하되, 확실한 대가를 받아낸다고!

"아닙니다. 반드시 성공하겠습니다. 기대에 보답하겠습니다."

첸이 입술을 다물며 의지를 굳혔다.

시계를 보며 일어섰다.

“벌써 일어날 시간이네요. 이민호 찾아서 게이트로 데려오세요.”

“네, 알겠습니다, 팀장님!”

힘 있게 말하며, 첸이 자리에서 일어났다.

뛰어나가는 뒷모습이 약간 더 활기차 보였다. 아까보다는.

‘나는 당신의 꿈을 모른다.’

내 편이 되기를 결심하기까지, 그의 장고에는 여러 가지 생각이 녹아 있었으리라.

그와 가족의 미래, 자신의 명예, 부 등등.

그 지향하는 목적은 분명히 나와는 다르지만, 미래를 향해 전진한다는 것만은 똑같지 않을까?

하지만 입장은 다르지.

‘내가 데리고 왔으니, 끝까지 책임져 주겠다.’

첸, 당신은 앞으로 주눅 들 필요가 없다. 성공하지 못함은 당신 책임이 아니니까.

그의 패착이라면, 어설픈 시기에 태어나, 제대로 된 상관을 만나지 못한 것. 그 무엇 하나 그의 탓이라고 보기는 어렵지 아니한가?

천 년 묵은 잉어라 해도, 어설픈 바람에 모습을 드러내서는 교활한 낚시꾼의 한 끼 식사가 될 뿐이지.

‘부하의 역량도 모르는 멍청하고 치졸한 것들!’

경멸당해 마땅하다.

제아무리 능력이 있어도 알아봐 주지 않으면 소용이 없고,

그것을 경계하면 드러내지 아니함만 못하다.

'고로 당신이 성공하지 못하면, 그건 내 책임이다.'

왜냐고?

명검을 가지고도 그 목적한 바를 이루지 못한다면, 그건 검의 잘못일까? 쥔 자의 잘못일까?

장인이 도구를 탓해서야…….

더구나 이미 검의 능력을 확인한 이후에는 변명의 여지조차 없지 않을까?

십 년이라는 긴 시간 동안 공안의 말단으로만 전전하던 그가, KT에 들어와서는 단지 일 년 만에 과장으로 인정받았다.

'난 당신이 지금껏 섬겨왔던 그들과 다르다.'

당신의 능력, 그 끝을 볼 수 있게 해주지.

'중국이라는 무대에서 기량을 맘껏 펼쳐보라고. 내가 당신의 구름이 되어주지!'

나라는 존재를 이용해도 좋다.

'아니, 철저히 이용해라.'

당신이 하늘로 오르기 위해서.

구름을 밟지 않고 용이 어떻게 승천하나?

난 그가 중국에서 얼마나 유명하고 힘 있는 인물이 되든 크게 상관하지 않는다.

'그가 대단한 인물이 되면 더 좋지.'

내 일을 더 잘 도와줄 테니까.

너무 커지면 다른 야망을 갖지 않겠느냐고?

아까 말했다시피 나는 중국인을 전적으로 신뢰하지는 않는다. 지극히 실리적인 민족. 나쁘게 말하면 의리 없고!

'하지만 그건 비단 중국인에 한정된 건 아니지.'

모든 인간은 돈 앞에 한없이 약해지니까!

하지만 오늘의 대화를 기억하고, 앞으로 벌어진 일을 비교한다면, 과연 그런 역심이 생길까?

'그래도 덤비면?'

밟아주면 그뿐!

행동에 상응하는 대우를 해줄 뿐이다.

게이트로 걸어가는데, 첸이 민호를 데려왔다.

"엄마가 너무 기뻐해서 전화를 끊을 수가 없었어요."

눈 밑에 허옇게 소금을 묻히고도, 환하게 웃음 짓는 이민호였다.

"괜찮아. 그만 들어가자."

"부족한 절 이렇게 거둬 주셔서 감사합니다."

고개를 깊이 숙인 첸의 말이었다.

이민호만 영문을 모른 채, 고개를 갸웃했다.

그의 어깨를 세우며 말했다.

"첸, 너무 고민하지 마세요. 당신은 성공할 수밖에 없습니다."

그의 얼굴을 보며 말을 이었다.

"나중에 당신 입에서 이런 말을 하게 해줄게요."
"어떤……?"
"내가 이런 것도 할 줄 알았단 말이야?"
농담처럼 하는 말에, 그의 얼굴이 노래졌다.
그에게는 농담으로 들리지 않았던 모양!
굳은 표정으로 어색한 웃음을 지었다.
"하하하. 도대체 어디까지 부려먹으시려고……."
적어도 내 의지는 전해졌겠지!
그가 말했다.
울지도 웃지도 못하는, 어정쩡한 표정으로.
"하하하. 어쩌면 팀장님 눈에 든 오늘을……."
말해보라며 눈썹을 으쓱하자, 그가 말을 이었다.
"평생 후회할지도 모른다는 생각이, 지금 처음으로 들었습니다."
그의 말에 피식 웃음이 나왔다.
"늘 듣는 말입니다."
"네? 누가 또 그런 말을……."
"제 직원은 다 그렇게 말하더군요."
그 말에 이민호가 내게 물었다.
"부하 직원들이 형님을 엄청 싫어하나 봐요?"
"왜?"
"부하 직원들이 입을 모아 그렇게 말할 정도면?"
"하하하. 그렇게 되나?"
"그런데 언제부터 그런 얘기를 들었어요?"

언제부터였더라…….

곰곰이 생각하다 입을 열었다.

"그 얘기가…… 곽 부사장하고 사우디 갔었을 때 처음 들었으니까……. 아마 4, 5년쯤 됐지?"

민호가 피식 웃으며 말했다.

"엄청 오래 사시겠네요. 욕을 많이 먹어서……."

그의 농담에 웃으며 대꾸했다.

"그러게 말이다."

게이트 앞에서 첸은 정중하게 악수를 청했다.

"벌써 작별해야 할 시간이라니, 정말 아쉽습니다."

"즐거웠습니다, 첸."

인사를 하고 들어가는데, 등 뒤에서 첸의 목소리가 쩌렁쩌렁 울려 퍼졌다.

"만나 뵈어 영광이었습니다, 따꺼!"

허리를 깊숙이 숙인 첸이 보였다.

이민호가 의아한 눈으로 나를 바라보고 있었다.

"첸, 저 사람 습관이야."

이민호가 어깨를 으쓱하며 대꾸했다.

"재밌는 분이네요. 들어가요, 형님!"

비행기가 떠올랐다.

'짧았지만, 꽤 보람 있는 하루였잖아!'

부사장 말처럼, 현재철강 쪽에서 움직임이 있을 것은 분명했다.

그러나 별로 걱정되지는 않았다.

'맘대로 해보라고.'

뭘 하든 원하는 대로는 되지 않을 테니까.

도리어 철강 사장을 편드는 계열사가 있다면, 그 회사를 박살 내주지!

비릿한 미소를 짓는데, 이민호가 물었다.

"형님? 저 잘할 수 있을까요?"

"그럼. 넌 잘해낼 수 있을 거다. 네가 생각한 것 이상의 결과를 만들어낼 거야."

그를 보며 조용히 미소 지었다.

'내가 그렇게 만들어줄 테니까, 날 잘 따라오기만 하면 돼! 네 재능을 최대한 꽃피워주지.'

이전에 알던 이민호는 4개 강도 강철합금을 만든 후, 국제 소송에 휘말리면서, 인생이 망가졌었다.

그러니 다른 발명을 할 정신적 여유도 없었겠지.

하지만 난 다르다고!

'철저하게 지켜주지. 넌 발명만 하면 돼!'

네 발명은 건축의 판도를 바꾸어놓을 거야. 그리고 과학기술의 방향도 말이야.

머리를 기대며 눈을 감았다.

"걱정하지 말고 한숨 자. 금방 도착하니까."

109장
저마다의 꿍꿍이

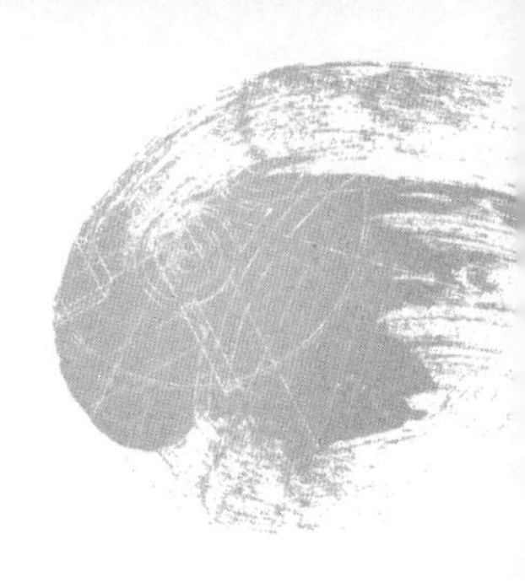

성훈이 연길 공항에서 탑승을 기다리던 그 시각!

한 교수의 집무실로 두 노인이 들어섰다.

"한 교수, 아직도 일하고 있는 건가?"

미국에서 돌아온 대목장과 귄터였다.

학생들의 도면을 검토하던 한 교수가 벌떡 일어나 기쁜 얼굴로 고개를 숙였다.

"아이고! 어르신! 그동안 안녕하셨습니까?"

"그래. 자네도 무탈하고?"

"네. 저야 별일이 있겠습니까?"

이어 그들을 소파로 안내하며, 독일어로 인사를 건넸다.

"귄터도 오랜만입니다. 객지에서 고생 많으셨죠?"

그의 인사에 귄터는 어깨를 으쓱하며 한국말로 답했다.

“나야 힘들 게 뭐 있나? 이 친구 따라다니는 젊은 녀석들이 힘들지. 흐하하.”

보란 듯이 말하는 그에게 웃음으로 답했다.

“안 뵌 사이, 한국 사람 다 되셨는데요? 귄터.”

“아우랑 싸돌아다닌 세월이 어언 삼 년일세. 삼 년! 서당 개도 풍월을 읊는 세월이라지?”

“하하하. 그 말은 또 어떻게……. 그나저나 앉으시지요. 차 내오겠습니다.”

잠시 후 탁자에 차를 올린 한 교수가 물었다.

“하시던 작업은 잘 인계하셨는지요. 너무 급하게 모신 게 아닌가 걱정했습니다.”

“일은 걱정하지 말게. 성훈이 녀석한테 타박받지 않을 정도는 마무리하고 왔으니!”

귄터도 고개를 끄덕이며 호응했다.

“암! 암! 이 나이 먹도록 그 어린놈에게 핀잔받을 정도면 죽어야지.”

일의 매듭지음에서는, 성훈 못지않게 완벽함을 추구하는 장인들이 아니던가?

한 교수가 실소를 터뜨렸다.

“최고의 장인들을 앞에 두고 이런 말실수를 하다니. 하하하.”

“그런데 한 교수! 성훈이는 없던데? 어디 갔나?”

귄터의 물음에 한 교수가 답했다.

"아! 말씀을 안 드렸군요. 급한 볼일이 있어서 중국에 잠시 갔다 온다더군요."

"얼마나 걸리는데?"

"오늘 아침에 나갔습니다. 대략 사흘 일정을 잡는 것 같던데."

"흠. 왜?"

"꼭 잡아 와야 하는 놈이 있다면서요. 정확한 이유는 저도 모릅니다."

대목장이 작게 한숨을 내쉬었다.

"에혀! 이럴 줄 알았으면, 경주라도 다녀오는 건데……. 에잉!"

그러고는 귄터에게 원망의 눈빛을 보냈고, 귄터가 눈을 피하며 헛기침을 했다.

"험험. 나도 소피가 보고 싶은 걸 참고 온 거란 말일세. 피장파장이야!"

그러고는 되레 큰소리쳤다.

"게다가 잠시만 참으면 되는 것을! 나이도 먹을 만큼 먹은 사람이 경망스럽기는!"

그 말에 대목장이 피식 웃었다.

"그 잠시가 얼마가 될지 어떻게 알고요? 성님이 아직 녀석을 아직 잘 모르시는군요."

"뭘? 내가 뭘 몰라?"

아직 성훈과 일해본 적 없는 귄터가 고개를 갸웃하며 물었다.

"성훈이 녀석한테 붙들리면 그때부터는 꼼짝없이 일만 해야 하오. 오줌 누고 털 시간도 아까워할 정도로 말이오."
"호오! 거 참. 사람을 부릴 줄 아는 놈일세!"
흐뭇한 표정으로 권터는 말을 이었다.
"일은 그렇게 해야지! 암! 할 때 하고 쉴 때 쉬고! 사람은 응당 그리 근면해야 하는 법이야."
대목장이 작게 혀를 차며 툴툴거렸다.
"쯧쯧. 이 냥반이 아직 사태 파악이 안 되시는구만."
"뭐? 이 냥반?"
권터는 눈을 부릅떴지만, 대목장은 그저 고개만 저을 뿐이었다.
"잘 들으쇼. 성님! 그게 공모전 끝날 때까지 계속 그렇다는 말이오."
"사, 삼 개월을 꼬박?"
대목장은 반박은커녕, 눈만 멀뚱거리자, 권터가 움찔하며 물었다.
"그게 인간이냐? 기계지!"
"쯧쯧!"
절레절레 고개를 젓는 대목장의 반응에 권터의 시선이 한 교수에게로 향했다.
"참말인가? 한 교수?"
믿을 수 없다며 권터가 눈을 휘둥그레 떴지만, 무슨 위로를 하겠는가? 사실이 그러한 것을…….
그 심정 안다는 듯, 한 교수가 고개를 끄덕였다.

"겪어 보시면 압니다. 어떤 녀석인지……."

"아니! 무슨……. 그렇게 밑도 끝도 없는 일이 어디 있나? 말이 되는 소리를 해야지."

"그러게요."

"……."

"하지만 녀석은 일거리를 끊임없이 만들지요. 그것도 하지 않으면 안 되는 거로만!"

권터가 너털웃음을 터뜨렸다.

"허허. 자네들이 이 늙은이를 겁주는 건가?"

바로 대목장에게로 시선을 돌렸다.

"그렇다 쳐도! 박 교두, 그놈보다 독할까?"

대목장이 실소를 지으며 검지를 세웠다.

그리고 천천히, 하지만 확실하게 좌우로 저었다.

"그놈은 성훈이한테 비하면 껌도 안 되오. 성훈이 앞에 서니까 사시나무가 따로 없습디다."

농담이 아님을 알자, 권터의 눈이 다시 한 교수에게로 향했다.

"그렇게 독하게 일을 시킨다고? 죽은 사람은 없나?"

"유감스럽게도……. 아직은요."

"어허. 우리 독일인도 그렇게는 안 하는데?"

"나라의 문제가 아니라, 사람의 문제지요."

"큼큼! 내가 실수를 했구만. 그놈 사흘 있다가 온다고 했나?"

권터가 엉덩이를 들썩거리며 중얼거렸다.

"그럼 나도 우리 소피나 보러 가볼까?"

한 교수가 빙긋이 웃으며 말했다.
"다행이네요. 권터는 안 내려가셔도 되니까."
"엉? 왜?"
"소피는 지금 여기에 와있습니다."
방금까지 보고 싶어 죽을 것 같던 권터의 표정이 싹 변했다.
"뭐라? 소피가 여기에?"
대목장도 고개를 갸웃하며 의문을 보탰다.
"그러게! 응당 울산에 있어야 할 녀석이?"
권터가 얼굴을 붉히며 벌떡 일어섰다.
"믿고 일을 맡겼거늘……. 감히 맡긴 일을 내팽개치다니! 명색이 지사장이라는 녀석이! 혼쭐을 내줘야겠구만! 그 녀석! 어디 있나?"
"성님! 흥분만 하지 마시고! 이유 없이 일을 내팽개칠 소피가 아니질 않소?"
그러고는 한 교수를 추궁했다.
"연유가 무엇인고? 자네는 알고 있겠지?"
한 교수가 그저께 있었던 성훈과의 통화를 차분하게 설명했다.
설명을 다 들은 대목장이 고개를 끄덕였다.
"흠. 현주란 말이지? 그러면 올라올 이유가 충분하지. 암!"
가만히 듣기만 하던 권터가 슬며시 물었다.
"당연하다……. 그건가?"
"네. 어쩌면 우리가 계획하는 혼사에 걸림돌이 될 수도 있습니다. 이건 미처 생각을 못 했군요."

가만히 대화를 듣던 한 교수가 화들짝 놀랐다.

'혼사? 무슨 혼사? 내가 잘못 들었나?'

좀 더 들어보면 알 일.

그들의 대화에 귀를 기울였다.

대목장의 말을 들으며 미간을 좁히던 귄터가 물었다.

"호오……. 그 현주라는 아이가?"

"네."

"누군지 아는 모양이군."

"아! 성님은 모르시겠군요. 전통 무용하는 곱상한 아이가 있습니다."

하지만 귄터의 관심사는 현주가 아니었다.

"성훈이도 그 아이에게 관심이 있나?"

"그럴 리가요. 그 일 중독자 녀석이요?"

"그럼 짝사랑 아닌가? 그럼 상관이 없지 않나?"

멀뚱멀뚱 쳐다보는 귄터에게 대목장이 말했다.

"짝사랑이기는, 소피도 마찬가집니다. 성님."

"크흠. 것도 맞는 말이군."

"성훈이 놈이 너무 관심이 없으니까, 우리가 이렇게 신경 쓰는 것 아닙니까?"

"그 목석 같은 놈을 좋아하는 여자가, 소피 말고도 또 있을 줄이야."

가만히 들어보니, 노인네 둘이서 무슨 모의를 하는 모양!

'소피와 성훈의 월하노인이라도 되겠다는 겁니까?'

하지만 거기에 당사자들의 의견이 어디 있나?
둘의 대화에 한 교수가 다급하게 끼어들었다.
"자, 잠깐만요. 어르신들! 성훈이가 결혼한대요?"
대목장이 당연한 걸 묻느냐는 표정으로 답했다.
"언젠가는 하지 않겠나?"
"그, 그렇기는 합니다만……. 소피도 알고 있습니까?"
대목장이 멀뚱한 눈으로 한 교수에게 물었다.
"알려서 뭐하게? 어차피 제 손으로는 아무것도 못 하는 녀석인데."
"결혼은 적어도 당사자들끼리 마음이 맞아야 하는 것 아닙니까?"
기가 찬 표정으로 대목장이 물었다.
"자네 혹시……."
"말씀하시지요?"
"성훈이가 홀아비로 늙어 죽기를 바라는 것은 아니겠지."
"그래도 이건 경우가……."
반론하려 했으나, 대목장의 말은 아직 끝나지 않은 모양.
"자네처럼?"
"아니잖습……. 헛!"
"내 나이는 많으나, 연애는 자네보다 나은 것 같으니, 마음 푹 놓고 지켜보기만 하게."
갑작스러운 공격에 움찔했지만, 이내 한 교수는 정신을 다잡았다.
"어르신! 못 한 게 아니고! 안 한 겁니다."

"흥! 엎치나 메치나!"
코웃음 치는 대목장을 보며 실소를 터뜨렸다.
"어르신! 저를 잘 모르시는 모양이십니다."
한 교수가 거만한 표정으로 말을 이었다.
"제가 사귄 여자를 꼽자면……."
어깨를 으쓱하며 양손을 내밀었다.
"이 열 손가락으로는 꼽을 수가 없어요! 못해도 한 다스는 넘어간다는 말입니다. 어험!"
하지만 이어지는 대목장의 말에 할 말을 잃었다.
"흥! 쓰잘데기 없는 연애질!"
"헛! 쓰잘데기 없다니요! 우리가 얼마나 뜨겁게 사랑했는데……."
"그래 봤자 하루살이 같은 풋사랑이지!"
"그게 아니래도요."
"됐네! 응당 사랑이란 책임이 뒤따르는 법! 나처럼 한 번을 해도, 제대로 하고 끝까지 책임을 져야지!"
"책임은 당연히 졌……."
"무슨 책임? 한 다스나 되는 여인 중에 제대로 가정 꾸릴 여자 하나 못 찾았는데, 그걸 어찌 제대로 된 사랑이라 말할 수 있겠는가? 쯧쯧."
한 교수의 자신감이 나락으로 곤두박질쳤다.
그래도 아닌 건 아닌 것!
"그래도 저는 당사자들의 동의 없는 결혼 추진은 반대합니다."

권터가 둘의 대화에 끼어들었다.

"그래서? 어찌할 셈인가?"

"둘이 스스로 연애를 하게 해야지요."

그 말에 권터가 실눈을 뜨며 물었다.

"혹여 자네! 내 손녀 소피를 처녀 귀신으로 만들 셈인가?"

"권터. 그런 말을 하는 게 아니지 않습니까?"

"내가 말일세. 성훈이 그놈을 삼 년을 지켜봤어."

함께 일한 적은 없다 해도, 대목장과 다닌 삼 년 동안 얼마나 많은 성훈의 소문을 들었겠는가?

그것도 다양한 사람의 입을 통해서!

"난놈이라는 건 인정하네만, 남자로서는 꽝이야. 꽝!"

그 부분은 한 교수도 변호할 말이 없었다.

'고자 아니야?' 하는 생각이 들 정도로 일만 하는 성훈이었으니까.

권터가 말을 이었다.

"내 손녀라서 하는 말이 아니라! 자네가 보기에도, 성훈이 그놈한테는 과분하지 않나? 이쁘지! 똑똑하지!"

팔불출 조부의 손녀 자랑에 무슨 반박을 하랴!

한 교수가 말없이 고개를 주억거렸다.

"아깝지만 어쩌나? 소피가 좋다는데? 자네는 성훈이하고 안 되기를 바라는 건가?"

"설마요. 저도 둘이 잘되기를 비는 사람입니다."

"그런데 왜 반대를 하는 건가?"

"아무리 안타깝다 해도 이 방법은 아니지요."

권터의 한탄이 이어졌다.

"나도 속이 쓰리단 말일세. 여자 마음도 하나 모르는 그 멍청이에게 보낼 생각을 하니."

"그러니까. 둘이서 알아서 하도록."

"그런데 말이지. 문제는 우리 소피가 너무 순해 빠졌다는 거야."

속으로 헛웃음이 나왔다.

'정말 모르시는 겁니까? 아니면 모른 척하시는 겁니까?'

너구리 같은 울산 시장과 능구렁이 대학 총장을 상대로 자신의 의지를 관철하는 여장부가 소피아 아니던가?

허나 딱 봐도 콩깍지가 쓰인 권터 앞에서 그녀의 험담을 할 수는 없는 법.

한 교수는 조용히 입맛을 다셨다.

"쩝. 일단 그렇다고 치고요."

"어찌나 순해 빠졌는지. 그놈한테 좋아한다는 티도 못 내고 있지 않나? 그런 목석이 뭐가 좋다고. 가련한 것!"

한 교수가 어이없는 표정으로 실소를 지었지만, 관심 없는 듯 자신의 말을 이었다.

"그러니 나라도 등을 떠밀어줘야 하지 않겠나?"

고집불통과 무슨 대화를 하랴?

한 교수가 작게 한숨을 내쉬었다.

"휴. 그래도 둘의 의향을 물어봐야 하는 것 아닙니까?"

"그래서 될 것 같았으면 진작에 했게?"

대목장이 은근한 음성으로 말했다.

"억지로 결혼시키자는 게 아니야. 그저 둘이 만날 기회를 제공하는 거지. 자꾸 얼굴 마주치다 보면 없던 정분도 생기지 않겠나?"

귄터도 슬그머니 고개를 끄덕이며 동의했다.

"그렇지. 그렇지. 하늘이 이어주는 인연인데, 이 늙은이들이 억지를 쓴다고 되겠나?"

둘의 장단에 한 교수는 속으로 코웃음 쳤다.

'훗! 어르신들 행동력이면, 안 되는 것도 될 것 같습니다.'

귄터의 눈이 창밖으로 향했다.

"죽기 전에 증손주 얼굴이라도 봐야, 눈을 감지 않겠나? 안 그런가?"

그러고는 '이해하지?' 하는 표정으로 한 교수에게 눈을 껌뻑거렸다.

"어려울 것도 없어. 자네는 모른 척만 하면 되네."

대목장이 한 교수를 가만히 보다 입을 열었다.

"아하! 그랬구만."

"뭐 말입니까? 어르신?"

"내가 무심했어! 다 늙어서 이리 눈치가 없으니."

그는 자책하며 말을 이었다.

"미안허이. 한 교수! 자네를 앞에 두고 이런 말을 하다니!"

"그게 무슨 말씀이십니까?"

"내 약조하지! 성훈이 상투 틀고 나면, 내 반드시 자네 마음에 쏙 드는 참한 처자 하나 이어주지."

순간 섬뜩한 소름이 한 교수의 등을 관통했다.

급히 몸을 젖히며 양손을 내저었다.
“아, 아닙니다. 절대로 싫습니다.”
“그런 거 아닌가?”
고개를 갸웃하는 그에게 한 교수가 말했다.
다급한 음성으로.
“제 결혼은 제가 알아서 하겠습니다. 간섭하지 않겠다 약속하시면……. 모른 척하겠습니다.”
“어허! 이 사람. 내 눈을 못 믿는 겐가? 우리 사돈댁에 참하고 맘에 쏙 드는 처자가 있던데…….”
“사, 사돈댁이요?”
“김해 김씨 36대손, 아주 양반댁일세.”
“절대! 절대 싫습니다.”
대목장이 진심으로 아쉬운 듯, 군침을 삼켰다.
“어허. 아쉽게 되었구먼.”
한 교수는 다급하게 말을 이었다.
“소피와 성훈이가 이어지는 것. 그게 제가 바라는 일입니다. 최선을 다해 돕겠습니다.”
“그래? 진심으로 아쉬워. 혹여라도 마음이 바뀌면 언제든지 얘기하게.”
한 교수가 안도의 한숨을 내쉬었다.
고개를 끄덕인 대목장이 식은 차를 마저 마셨다.
“그럼 협조하는 거로 알고 일어나겠네.”
“지금 바로 경주 가시려고요?”
“뭐 그리 급할 필요 있나? 성훈이도 없는데. 아 참! 내일 점심때 비행기 편 있는지 알아봐 주게나."
"아침 비행기가 아니고요?"
"어허. 이 사람이 연애 안 해본 티 내나? 서울 나들이를 왔으니, 옥비녀라도 하나 사가야 할 것 아닌가?"
"훗! 선물을 서울에서요. 보통은 미국에서 사 오지 않습니까?"
"그럴까 했는데. 너무 양놈 티가 나서 말이야. 안사람에게는 어울리지 않더군."
"어련하시겠습니까? 알겠습니다. 내일 점심때로 티켓팅해 두겠습니다."
"그럼 이만 일어나겠네."
"주무십시오. 어르신들."
권터가 일어나며 물었다.
"아우. 아까 말한 현주라는 아이는 어떤가?"
"아이는 참하고 고운데……."
"그런데?"
"여기서 이럴 게 아니고! 숙소에서 막걸리나 하면서 말씀하시지요. 성님."
막걸리라는 말에 권터의 입이 찢어졌다.
"그럴까나?"
"한 사흘 못 볼 텐데, 뽕을 뽑으시죠!"
"그러지. 하하하."
두 노인이 입맛을 다시며, 방을 나섰다.
둘이 사라지고, 한 교수가 조용히 읊조렸다.

"성훈아. 너희 둘은 정말 잘 어울린단다. 결혼 축하한다."

그렇게 그는 자신을 납득시켰다.

다음 날 아침.

대목장은 자신을 부르는 소리에 눈을 떴다.

"대목장 어르신!"

"으음, 웬 놈이냐? 아침 댓바람부터."

부스스 눈을 비비고 보니, 시계는 일곱 시를 막 넘어가고 있었고, 아직 입가에는 어제 마신 막걸리 향이 기분 좋게 남아 있었다.

마른 입술을 혀로 훔치며 중얼거렸다.

"한 교수 이 친구, 급하지 않다 했건만……."

서울 지리 잘 아는 친구 하나 붙여 달라 부탁했더니, 이리도 일찍 온 모양이라 생각했다.

흐뭇한 표정으로 자리에서 일어났다.

"퍽도 부지런한 친구일세. 응당 그래야지."

허나 이번에 온 친구는 부지런한 만큼 성격도 급한 모양!

예의 그 목소리가 다시 들렸다.

"어르신, 어디 계시냐니까요?"

복도가 쩌렁쩌렁 울리게 소리치고 있었다.

"기운도 좋구먼, 젊은 녀석이."

어기적거리며 방바닥에 걸린 저고리를 주섬주섬 주워들

며, 복도를 향해 말했다.

"잠시만 기다리게. 내 바로 나갈 터이니!"

비록 아랫사람이라 하나, 자신을 도와 서울 저잣거리를 안내해 줄 사람.

하루를 신세 질 이에게 어리다 하여 무작정 기다리게 하는 것은 도리가 아니지 않은가? 하지만 한 교수가 보낸 친구는 성격이 아주 급한 모양이었다.

아직 속옷 바람인데, 숙소 문이 벌컥 열렸다.

"어허! 이 무슨 무례한……."

신경질적으로 호통치며 돌아보다가, 소스라치게 놀라 호흡을 멈췄다.

"헉! 서, 성훈이냐?"

"왜 그리 놀라세요? 못 볼 걸 본 것처럼! 그리고 어르신하고 저 사이에 무례는 무슨……. 빨랑 입으세요!"

하지만 돌처럼 굳은 몸은 쉬이 움직이지 않았다.

엉거주춤 동작을 멈춘 채 물었다.

"네, 네가 여기 웬일이냐?"

"내 회사 기숙사인데, 못 올 이유라도 있어요? 그리고 팀장급 이상은 7시 출근인 거 모르세요?"

"아, 아니 그게 아니라, 너. 중국에 있는 거 아니었느냐?"

"그건 어제 일이죠!"

"어제 갔다면서? 사흘은 걸릴 거라 들었거늘, 내가 잘못 안 것이냐?"

성훈의 입가에 흐뭇한 웃음이 고였다.

"그러게요. 사흘이 더 걸릴 수도 있다고 각오하고 갔었거든요!"

"그런데?"

대목장의 물음에 오른팔로 풀 스윙을 휭 휘두르며 성훈이 기분 좋게 말했다.

"일이 풀리려고 하니까, 그렇게도 풀리더라고요. 하루 만에 싹 해치우고 왔습니다."

"그, 그랬구나……."

내키지 않은 동작으로 어기적거리자, 성훈이 다가오며 물었다.

"몸이 어디 안 좋으세요? 도와드려요?"

"어허! 되었다. 내가 하면 된다."

대목장이 다급하게 머리를 굴렸다.

'아직 한 교수가 얘기를 안 한 것인가?'

어제 출발을 했어야 했는데, 후회는 아무리 빨리해도 늦은 법!

그래도 말은 해봐야 할 것 아닌가?

'제 놈도 양심이 있으면…….'

성훈에게 은근한 목소리로 물었다.

일말의 기대감을 가지고.

"성훈아."

"네?"

"혹시 한 교수가 아무 말 않더냐?"

"아! 어르신이 저 보면 많이 아쉬워하실 거라던데? 그게 무슨 말이에요? 전 반갑기만 하고만."

속없이 싱글벙글하는 성훈을 보자, 한 교수가 원망스러웠다.

'뭣이? 만났는데도 말하지 않았다고? 에잉!'

한 교수는 성훈의 성격을 알고 있으니 애당초 말도 꺼내지 않은 모양이었다.

속으로 열불이 치솟았지만, 꾹 눌렀다.

그래도 자신의 처지를 배려했다면, 부탁 정도는 해줄 수 있는 거 아니야?

'아니면 내게 연락을 주던가? 도망이라도 치게!'

바짝 약이 오른 대목장은 입술을 깨물었다.

'한 교수! 요 고얀 놈! 두고 보자. 네놈 상투는 내가 친히 틀어 주고야 말 테다! 끄응!'

방을 휙 둘러보며 성훈이 투덜거렸다.

"아! 바빠 죽겠는데, 왜 이리 늑장을 부리세요?"

성훈의 독촉이 들렸지만, 경주에 갈 생각에 부풀어 있던 기대가 흔적도 없이 사라졌는데 좋은 반응이 나올 리가 있나?

윗저고리에 팔을 넣으며 궁얼거렸다.

"흥! 그리 바쁘면 어제 오지 그랬느냐?"

"그럴 수 있었으면 그랬겠죠. 오늘 새벽에 도착했으니 그건 어쩔 수 없고!"

"그런데 여기는 어쩐 일이냐?"

성훈이 뭘 당연한 걸 묻느냐는 듯 답했다.

"일 때문에 왔죠. 그렇게 입어서 언제 다 입으시려고! 팔 이리 주세요!"

옷깃을 덥석 잡고는, 대목장의 반대 팔을 끼워 넣었다.

"아야야! 아프다. 욘석아!"

"이제 괜찮으세요?"

그의 팔을 붙임성 있게 주무르는 성훈을 흘기며, 대목장은 짐짓 근엄하게 말했다.

"어험! 시차 적응이 안 돼서 그런 건가?"

그러고는 양어깨를 휘휘 돌리며 말을 이었다.

"어째 몸이 영 시원치 않구나."

"장거리 여행이셨으니……."

"그렇지. 늙으니 몸이 영……."

성훈이 대답이 없자, 대목장은 바로 말을 이었다.

이런 기회를 놓쳤다가는, 다시 아내와 삼 개월간 이산가족으로 살아야 할 게 명약관화였으니!

어쩌면 그 이상이 될지도 모르고…….

"그래서 하는 말이다만……. 하루 정도 경주에 가서 여독을 풀었으면 하는구나. 코에 바람도 좀 넣고……."

"……."

가타부타 대답이 있어야 하건만, 성훈의 무반응에 조심스레 돌아보며 물었다.

최대한 피곤에 찌들어 보이는 표정으로.

"성훈아, 내 말……. 듣고 있느냐?"

하지만 성훈의 시선은 다른 곳을 향해 있었다.

내용물이 사라진 막걸리병!

그것들이 질서 정연하게 사열해 있는 방구석을.

오늘 새벽, 소피가 귄터를 부축해 나갈 때 저리 깔끔하게 정리해 둔 것이리라.

세기도 좋게…….

성훈이 말없이 입 끝을 올리며, 팔짱을 쓱 꼈다.

"아! 아직도 여독이 안 풀리셨군요?"

저도 모르게 대목장의 몸이 움찔했다.

"저, 저건 말이다. 성훈아."

성훈이 이해한다는 듯, 고개를 천천히 끄덕였다.

"아하! 시차 적응이 안 되셔서……. 저렇게 막걸리를 까셨구나!"

"크흠. 그건 말이다. 오랜만에 막걸리를 마시다 보니. 너도 알다시피 미국에는 저게 비싸서……."

그리고 재빨리 말을 이어 붙였다.

"게다가 대부분은 귄터 성님이……."

대목장의 말은 귓등으로 흘리며, 성훈의 눈은 막걸리병을 세고 있었나 보다.

"스물여섯, 스물일곱……. 와! 서른두 병! 저걸 귄터, 그 영감님이 혼자 다 드신 건 아니죠?"

"어험! 내가 약간 거들기는 했다만."

개수를 헤아린 성훈의 시선이 옆으로 향했다.

작은 반상과 그 위에 차곡차곡 쌓인 접시들. 그리고 누군가가 먹다 남긴 파전의 잔해들. 저 파전은 누가 부쳤을까?

대목장이나 권터가?

절대 그럴 리가 없지! 누군가에게 지시했으리라.

'이들의 시중을 들어줄 가능성이 있는 사람은?'

거기까지 생각이 미친 성훈의 표정이 묘하게 일그러졌다.

"흠……. 이제 이해가 가네."

그러고는 고개를 주억거리며, 의미 모를 말을 중얼거렸다.

"나 때문에 화가 난 게 아니었군."

"뭐, 뭐가 말이냐?"

대목장의 물음에 성훈이 눈을 가늘게 떴다.

"오늘 아침에 제가 혼이 났거든요."

"감히 누가 너를?"

의아해하는 대목장을 흘겨보며 말을 이었다.

"소피한테요."

뜻밖의 답에 대목장이 눈을 홉뜨며 물었다.

어제 권터와 밤새 대작했던 이유가 뭔가? 그게 다 둘의 혼사 계획 때문 아니었던가?

그런데 벌써 빨간 불이 들어오려 하고 있었다.

대목장이 갸웃하며 물었다.

"소피, 그 아이가 네게 왜?"

"반가워서 어깨를 툭 쳤는데, 눈은 뻴게 가지고 건드리지 말라고 짜증을 내더라고요. 팔에 알통 배겼다면서 울상까지 지으면서."

왜 그런지 짐작 가는 바가 있는지라, 대목장은 스리슬쩍 등을 돌리며 바지를 주워들었다.

바지를 툭툭 터는데, 성훈의 중얼거림이 들렸다.

"이상하죠? 힘쓰는 일을 하는 녀석도 아닌데……."

켕기는 게 많은 대목장이 연신 기침을 해댔다.

"크흠! 크흠!"

"오늘 새벽까지 어떤 분들의 술심부름과 안주 구워 나르느라 생긴 근육통이었어. 그것 때문에 난 눈치 없는 놈이 되었고."

부정할 수 없는 사실이지만, 심부름은 권터가 시킨 것!

귀책사유는 분명 권터에게 있었다.

크게 헛기침하며 말했다.

"그건 내가 시킨 것이 아니고 말이다. 권터……."

그의 해명은 관심 밖인 듯, 성훈은 다시 숫자를 세어 나갔다.

"접시가 여섯, 일곱 개네요."

"커흠!"

"그럼, 여기에 최소한 일곱 번은 왔다 갔다는 거고, 식어 빠진 파전을 드실 분들은 아니잖아요? 그렇죠?"

무슨 변명을 하랴!

아무 말 않아도 귀신같이 아는데…….

대목장은 말없이 바지에 다리를 끼워 넣었다.

등 뒤에서 성훈의 목소리가 들렸다.

"다행이네, 내가 화나게 한 게 아니어서. 난 또 괜히 긴장했잖아. 매직데이인가 하고……."

성훈이 손뼉을 짝 치며 화제를 바꿨다.

"어쨌거나 그게 중요한 건 아니죠."
대목장에게 시선을 돌리며 말을 이었다.
"다 입으셨네. 바로 출근하실 거죠?"
"벌써?"
당연하다는 듯 성훈이 말했다.
"그럼요! 제가 얼마나 어르신을 기다렸는데요. 그리고 괜히 제가 왔겠어요? 모시고 가려고 왔지. 가는 길에 밀린 얘기도 좀 하고요."
팔을 붙든 손에 힘이 들어간 걸 보니, 이대로 납치를 할 모양새!
허나 호랑이에게 물려가도 정신만 차리면 된다 하지 않던가?
게다가 몇 달을 미국에서 고생했는데, 아내 얼굴도 못 보고 끌려갈 수 있으랴?
성훈의 손을 툭 떨쳐내며 말했다.
"아니, 성훈아. 그게 말이다. 내가 오늘 집에 간다고 전화를 해뒀단다. 안사람이 오매불망 기다릴 걸 생각하니, 일이 손에 잡힐 것 같지 않구나."
그 심정 안다는 표정으로 성훈이 다시 그의 팔을 잡았다.
"저도 그게 제일 마음에 걸리더라고요."
"그렇지?"
"그래서 올 때 할머니께 말씀드렸어요. 급한 일이 있어서, 어르신 좀 더 빌리겠다고."
"너, 너. 이 녀석!"

눈을 부라리는 대목장에게 말을 이었다.
“요즘도 약주 많이 드시냐고 물으시던데요?”
성훈이 사실대로 말했다면, 부부 상봉은 잔소리부터 시작되리라.
뜨끔한 대목장이 물었다.
“그래? 그, 그래서 뭐라 하였느냐?”
성훈이 배시시 웃으며 말했다.
“제가 그렇게 눈치 없어 보이세요?”
뚱하게 시선을 돌리는 대목장에게 말을 이었다.
“막걸리 이렇게 드신 건, 할머니께 말씀 안 드릴게요. 평생.”
“크험!”
“저도 할머니 걱정시키고 싶지는 않거든요.”
“고맙구나.”
대목장이 검지를 세우며 간절히 말했다.
“그래도 성훈아. 하루만 시간을 주면 안 될까? 딱 하루만.”
그 말에 성훈이 대놓고 표정을 구겼다.
“어르신 때문에 대기하고 있는 사람이 얼만데, 어림없는 소리일랑 하지도 마세요.”
“어제 미국에서 돌아온 사람에게 또 일을 맡기다니. 대체 얼마나 일이 많기에 그러느냐?”
“흠…….”
성훈이 말없이 천장으로 시선을 돌렸다.
공모전을 시작한 지 며칠 되지 않아, 아직 구체적인 계획이 서 있지는 않은 모양.

대목장의 머리가 빠르게 회전했다.
'다행이구먼. 여기서 협상을 잘하면?'

성훈이 입을 열었다.
"한…… 30개 정도는 디자인이 나와야 구색이 맞겠네요."
대목장의 얼굴이 일그러졌다.
'참말로! 내려가기는 다 틀렸구먼…….'
마감까지 석 달이 남았으니, 사흘에 하나씩은 완성을 시켜야 할 터!
대목장이 버럭 소리를 높였다.
"이놈아! 뭘 그렇게 많이……."
성훈이 멀뚱거리며 대응했다.
"권터한테도 그 정도는 맡길 생각인데요?"
그러고는 되물었다.
"자신 없으세요? 권터보다 잘할?"
비록 의형제의 연을 맺기는 하였으나, 실력에서 양보할 생각은 없었다.
의형제도 실력이 대등하니 맺을 수 있었던 것!
"자신이 없다니! 내가 언제 그러더냐?"
"하실 수 있으세요?"
대목장이 호언장담하며 콧방귀를 꼈다.
"당연하지!"
허나 생각해 보니, 억울하지 않은가?
대목장이 투덜대며 말을 이었다.

"그러고 보니, 네 녀석은 어찌 나만 닦달을 하는 것인고? 나 혼자 돌아온 것도 아닌데?"

성훈이 고개를 끄덕였다.

"그러죠."

"뭘?"

성훈이 수화기를 꺼냈다.

"소피? 나야. 권터 깨워서 사무실로 모시고 와!"

–저 지금 바쁘다고요! 할아버지 깨울 시간이 어디 있어요?

아직도 근육통의 탓인지, 소피아의 음성에는 날이 서 있었다.

"너 아니면 깨울 사람이 누가 있어? 그 영감님 성격 알면서? 더 바쁜 내가 가?"

소피의 한숨 소리가 수화기에서 터져 나왔다.

–휴……. 내 할아버지고, 남의 할아버지고…….

"참! 그리고! 권터가 맡을 디자인은 30개야."

–네? 왜 늘었어요? 스무 개였잖아요?

권터의 프로젝트는 소피아가 관리한다. 허니 그녀라고 일이 많아지는 게 좋을 리 없을 터.

"대목장 어르신도 서른 개를 하시겠다는데, 그보다 적으면 권터가 자존심 상해하시지 않을까?"

새침한 소피의 음성이 들려왔다.

–아, 아닐걸요?

하지만 그 음성에 확신은 없었다.

"어쨌거나 그렇게 됐어. 그렇게 전해!"

–흥! 알았어요.

"나 도착할 때까지 모시고 와."

다시 한번 소피의 한숨이 들려왔다.

–휴! 정말 도움 안 되는 할아버지들이야. 정말!

통화를 끝내자, 대목장이 눈을 부라리고 있었다.

"야! 이놈아!"

"하실 수 있다면서요? 못 하세요?"

"아까는 성님께……."

"네. 맡길 거라고 했었죠! 분명히."

"아까는 이미 그리 정해진 것처럼 해놓고는……."

하지만 성훈은 뻔뻔스레 말을 이었다.

"그리고 맡겼죠. 지금!"

"끙, 그것이 어찌?"

성훈이 빙글거리며 말했다.

"남아일언 중천금! 어르신께서 항상 강조하시는 말이죠. 아마?"

"끄응!"

남아일언 중천금!

그 말을 금과옥조로 여기는 그가 여기서 꼬리를 말아서야!

대목장이 호언장담했다.

"한다! 이 녀석이 나를 뭐로 보고!"

거부할 명분을 찾으려면 불가능하랴?

하지만 대목장의 가슴에는 소피의 한숨 소리가 남아 있었다.

'여기서 일을 어그러뜨려서야, 절대로 안 되지.'

대목장이 단호하게 결정을 내렸다.

"추가된 일에는 대가가 따르는 법! 이 일이 끝나고, 내 부탁을 하나 들어줘야 할 것이야! 스무 개에서 열 개가 더 늘었으니!"

타당성 있는 말이었다.

성훈이 어깨를 으쓱하며 말했다.

"그러죠, 뭐든지!"

"가자! 시간이 없다!"

대목장이 앞장서며 숙소 문을 열었다.

사흘 후 현재그룹 회장의 저택.

회장이 물었다.

"성훈이, 연구소 차린다 카면서?"

현재건설 사장이 웃으며 물었다.

"그건 또 어떻게 아셨습니까?"

경영에는 손을 뗐다면서, 그룹이 돌아가는 상황은 담당 사장보다 더 잘 아는 회장이었다.

"내 아직 안 죽었데이. 어데꺼정 진행됐노?"

"이미 연구 들어갔습니다."

"으잉? 뭐라꼬? 벌써?"

화들짝 놀란 회장과 달리, 사장은 흐뭇하게 고개를 끄덕였다.

"네. 장비 구입 완료했고, 연구원도 이미……."

회장의 미간에 주름이 잡혔다.

"그래? 장비는 글타 쳐도, 연구원은 구하기 쉽지 않았을 낀데?"

"압둘 왕세자에게 도움을 받았다고 하더군요."

"캬! 기가 차네. 기가 차! 고마 행동력 하나는 끝내준다. 그자?"

"네. 저도 이렇게 빠를 줄은 상상도 못 했지요."

회장은 저도 모르게 혀를 내둘렀다.

"장비캉 연구원 구할라 카믄, 아무리 성훈이라케도 고생 쪼매 할 줄 알았디마……."

그러고는 바로 질문을 이었다.

"설계는? 그거는 어데꺼정 됐노?"

지금 그의 관심사는 오로지 성훈의 공모전인 것처럼 보였다.

"그저께 대목장 팀이 합류해서, 바쁘게 돌아가고 있습니다. 사무실 불이 꺼질 틈이 없습니다."

"참말로 복댕이가 굴러들어온 기라. 어설프게 찝적거리다가 놓치지 말고! 끝까지 잘 안고 가그라. 알긌나?"

회장의 말하는 바를 어찌 모르랴?

"네. 알겠습니다. 아버지."

밝은 표정으로 고개를 주억거리는 사장을 보며, 회장이 손목시계를 들여다보았다.

"막내는 와 여적지 안 오노? 니 괜찮겠나? 안 바쁘나?"
"괜찮습니다. 그리고 이제 올 때가 되었네요."
호랑이도 제 말 하면 온다고 했던가?
현관문이 열리며, 철강 사장의 모습이 보였다.
"아버지! 저 왔어요."
건설 사장을 보고는 움찔했으나 그것도 잠시, 자리에 앉기도 전에 투덜거렸다.
"바빠 죽겠는데, 왜 부르신 건데요?"
"니가 바쁠 기 뭐 있노?"
"그야 당연히 신제품 때문에……."
말을 하다 뜨끔한 느낌이 들어, 철강 사장은 눈치를 살폈다.
회장의 목소리에 가시가 돋쳤음을 어찌 모르랴?
기다렸다는 듯이, 회장의 고성이 울려 퍼졌다.
"니 이노무 자슥! 그때 니 내한테 뭐라캤노? 느그끼리 알아가 잘한다 안 했나?"
느닷없는 날벼락에 철강 사장이 투덜거렸다.
"아버지, 그거 때문에 부르신 거예요?"
"안 그라믄 내가 뭐 따문에 니를 부르겠노?"
되레 불쾌한 표정을 지으며 철강 사장이 말했다.
"흥! 처음부터 그놈은 저와 거래할 생각이 없었다고요."
그 말에 회장이 어이없다는 표정으로 물었다.
"니가 뒤통수 맞았다……. 이 말이가?"
"네! 아시면서 왜 저한테 뭐라고 하세요. 욕을 하시려면 그놈에게 하셔야죠."

"다섯째. 아까, 그거 일로 줘보래이."
건설 사장이 들고 있던 결재 서류를 내밀었다.
곽 부사장이 협상을 위해 작성했던 서류였다.
모든 결재는 사장을 거칠 수밖에 없는 것.
그게 비록 성훈의 전결서류라 해도 말이다.
"여기 있습니다."
내용은 볼 필요도 없다는 듯, 회장은 서류를 빼앗듯 잡아채 철강 사장의 앞으로 내동댕이쳤다.
"니는 내가 경영에서 손 뗐다고 귓구녕이 처막힜는 줄 아나? 으잉!"
노한 회장의 말이 이어졌다.
"이 조건을 불렀는데, 걷어찼다고? 니가 정신이 있는 놈이가? 엉!"
그러고는 탁자를 탕 치며 역정을 냈다.
"뒤통수? 뒤통수 같은 소리 하고 자빠졌네?"
늙은 회장에게 너무 강한 흥분은 좋지 않은 법.
건설 사장이 회장을 진정시켰다.
"아버지, 일단 화 좀 가라앉히시고."
하지만 진정이 되랴?
사장의 생각도 회장과 별반 다르지 않았다.
사업이든 무엇이든, 기회가 왔을 때는 잡아야 하는 것 아니겠는가?
성훈은 처음부터 최고의 조건을 제시했고, 막내는 그걸 발로 차버렸다.

'나였다면 절이라도 하면서 받았을 텐데.'

적어도 수천만 톤의 강철이 소요되는 현장!

'1킬로당 10원만 단가를 올려받아도, 순수익 수백억 원이 더 생기는 건데. 쯧!'

그러니 어찌 회장이 화내지 않을 손가?

하지만 한 번 지나간 기회는 돌아오지 않는 법!

회장은 그 시기를 놓친 것에 대해 분노하는 것이었다.

냉수를 벌컥 들이켠 회장이 신경질적으로 소파에 등을 묻었다.

"좋다. 이걸 걷어찼을 때는 계산이 있었겠제. 우데 함 들어나 보자."

왜 이리 아버지가 과민반응하는 걸까?

이해되지 않는 철강 사장이 태연하게 대꾸했다.

"협상 한 번 어그러진 것뿐입니다. 뭐 그리 심각하게 반응하십니까? 아직 기회는 많다고요."

"무신 기회?"

"녀석이 원하는 건 저밖에 개발 못 해요. 그러니 제가 잘 마무리 지을 테니까 마음 놓으세요."

그러고는 건설 사장에게 타박의 시선을 보냈다.

"그리고 형님도 너무하신 거 아니에요? 저하고 KT팀의 일일 뿐인데, 그걸 사장인 형님까지 나서시면, 제 꼴이 뭐가 됩니까?"

원래의 단가로 구매하기 위해 회장에게 도움을 청한 것으로 오해한 모양, 명목상 KT팀은 현재건설에 속한 팀이었으니까.

사장이 섭섭한 표정으로 어깨를 으쓱했다.

"난 부르셔서 온 것뿐이다. 게다가 너희들 일에 일체 간섭할 생각도 없고!"

둘의 대화를 끊으며, 회장이 차갑게 물었다.

"니! 그거는 들었나? 성훈이가 기술자 데불고 와가꼬 연구소 맹글었다는 카던데?"

"아! 그거요?"

'왜 이러시나 했더니! 훗!'

철강 사장은 자신이 있었다.

기술은 다른 누구도 아닌, 자신에게 있었다.

'대체할 기술이 없다는 건, 몇 번이고 확인했다고! 게다가 애송이 하나를 데려왔다고 뭐가 될 거라 생각하는 것 자체가 우습지!'

그라고 아무 생각 없이 협상을 내쳤겠는가?

성훈은 자신이 할 수 있다 믿고 나대는 거겠지만, 그에게는 시위로밖에 보이지 않았다.

그 단가에 협상을 마무리 짓자는 시위!

'상대를 보고 공갈을 쳐야지. 괘씸한 놈! 그게 네 무덤을 파는 거라고. 값은 더 올라갈 거다. 알고나 있어라. 독점이라는 게 이런 거 아니겠어?'

철강 사장은 코웃음 치며 말을 이었다.

"훗! 그 친구 진짜 어이가 없네요. 연구가 무슨 소꿉장난인 줄 아는가 봐요. 내로라하는 전문가들을 다 불러서 개고

생하면서 만든걸.”
“그래서?”
“하루아침에 되는 게 아니라고요, 아버지. 제가 삼 년이나 고생하면서 만들었습니다. 그런데 그걸, 공모전이 석 달도 안 남은 지금 시점에서 만들겠다고요?”
그는 비웃음 가득한 얼굴로 고개를 저었다.
“아버지, 그 친구 똑똑한 건 아는데요. 안 되는 건 안 되는 거예요. 무슨 수를 써도!”
확신에 찬 음성이었다.
누가 들어도 믿음이 가는 단호한 확신!
회상도 왜 그렇게 믿고 싶지 않겠는가?
하지만 지난 삼 년간 성훈이 현재건설을 어떻게 성장시켰는지 아는데, 어찌 막내의 손을 들어줄 수 있으랴!
“내도 니가 원하는 대로 됐으믄 좋겠다.”
“그러니까 믿어보세요. 아버…….”
회장의 낙관적 희망에 웃으며 말하던 그의 표정이 변했다. 바로 이어진 말 때문에.
“니 상대가 성훈이 글마만 아니믄.”
철강 사장이 슬쩍 고개를 숙였다.
표정을 숨긴 채, 아니꼬운 듯 입매를 꼬았다.
‘그놈의 성훈이! 마음에 안 든단 말이야!’
어찌 된 노릇인지, 형들도 성훈의 이야기만 나오면 꼬리를 말지 않던가?
대 현재그룹의 사장들이!

'좀 똑똑하고 실적이 있다는 건 나도 알죠! 하지만 '오너'라는 사람들이 일개 직원에게, 그것도 다른 계열사의 직원에게 꼬리를 만단 말이야?'

형들의 그런 모습에 얼마나 실망을 했던가?

'쯧쯧. 현재그룹은 제왕이어야 한다고!'

고난과 역경은 성장의 밑거름일 뿐이었다.

그리고 아버지는 형들과 다를 거라 믿었다.

하지만 지금 아버지의 모습 또한, 형제들의 대응과 별반 다르지 않지 않은가?

'이게 뭡니까? 고작 직원 하나와의 충돌을 두려워해서 전전긍긍하는 꼴이라니.'

회장의 불신에 감춰왔던 속내가 튀어나왔다.

철강 사장이 작은 소리로 중얼거렸다.

"괘씸한 놈! 한 번 튕긴 걸 가지고, '이때다' 하고 그런 얍삽한 짓을 하다니!"

회장이 튕기듯 허리를 세우며 호통쳤다.

"뭐라꼬? 한 번 튕겨?"

눈을 찌를 듯한 삿대질과 미간의 꿈틀거림이 그의 분노를 드러내고 있었다.

"니 지금 제정신이가? 니야말로 사업이 얼라들 소꿉놀이 맹꾸로 보이나?"

뜨끔한 철강 사장이 재빨리 머리를 조아렸다.

막내라 회장의 귀여움을 가장 오래 받았지만, 저럴 때의 아버지에게 대들어서는 안 된다는 사실을 누구보다 잘 알고 있었다.

그저 조용히 그의 분노를 받아내고 있었다.

보다 못한 건설 사장이 나섰다.

"아버지, 흥분을 가라앉히시지요."

"흥분? 내가 지금 흥분을 안 하게 생겼나? 절마 주디 놀리는 꼬라지 봐라. 엉?"

"막내가 실언한 겁니다. 넌 얼른 사과 안 드리고 뭐 하냐?"

철강 사장이 머리를 조아린 채, 입을 열었다.

"죄송합니다. 제가 실언을 했습니다."

건설 사장이 재빨리 회장의 잔을 채우고는, 주전자를 건네며 턱짓했다.

"너. 얼른 가서 냉수 좀 더 받아오고."

그동안 아버지를 달랠 테니, 자리를 피하라는 말이리라.

그 속내를 어찌 모르랴.

형에게 슬쩍 눈인사를 건네고 정수기로 향했다.

건설 사장이 회장을 달랬다.

"아버지. 막내도 생각이 있지 않겠습니까?"

"벌써 배 떠났는데, 생각은 무신 생각?"

"아무런 대책도 없이 그런 일을 벌였겠습니까? 화 좀 가라앉히시고 차분히 물어보시죠."

그사이 주전자에 물을 받아온 철강 사장이 자리에 앉았고, 급히 입을 축인 회장이 물었다.

"대책은 있는 기야? 니?"

일단은 회장의 화가 가라앉은 것 같자, 철강 사장이 뚱한 표정으로 답했다.

"당연하죠. 어차피 KT팀에서 공모전 당선된다고 해도, 바로 공사 들어갈 거 아니잖아요. 몇 년은 설계 수정한다고 시간 보낼 거 아닙니까?"

진짜로 성훈을 모르는 말이었지만, 회장은 반박하지 않았다. 당장 들어야 할 대책이 급했기에.

철강 사장이 말을 이었다.

"그동안은 다른 거래처가 있어야 하잖아요."

"그래서?"

"이미 믿을 만한 거래처 확보해 뒀습니다."

"그기 뭔데?"

"국토교통부에서 하는 사업입니다. 아직 발표는 안 났지만요."

그 말에 회장이 건설 사장에게 슬쩍 턱짓했다.

'이거, 참말이가?'

국토교통부 사업이라면 현재건설이 가장 소식에 밝을 것이니 묻는 것이리라.

'네. 맞습니다. 일단은…….'

사장도 조용히 고개를 끄덕였지만, 찜찜함이 남아 있었다.

'정권이 바뀐 지 얼마 안 돼서, 함부로 속단하기는 이른데…….'

그 속내를 모르는지, 회장은 고개를 주억거렸다.

"흠. 그래?"

대안이 있다면 당장 성훈과 충돌할 일은 없었다.

시간을 가지고 재협상을 할 수 있다는 말!

일단은 안심하며, 그의 말을 종용했다.

“그래가. 그거는 어데꺼정 진행됐노?”

“그건 계약하고 나서 말씀드릴게요.”

미심쩍은 표정으로 회장이 물었다.

“그라모, 아직 확실하지 않다……? 이 말이가?”

“아뇨. 하지만 된 거나 마찬가지예요.”

회장이 콧방귀를 끼며 물었다.

“되모 되고, 안 되모 안 되는 기지. 그런 말이 어데 있노? 그기 말이가, 방구가?”

“아직 발표도 안 났는데, 잘못하면 담합 말이 나와서…….”

아직도 못 미더워하는 회장에게 다급히 말을 이었다.

“아버지, 그냥 지켜봐 주시면 안 될까요? 제가 어떻게 하는지!”

그 말도 일리는 있었다.

미덥지 못한 막내아들이었지만, 일단 맡겼으면 어디까지 해내는지는 봐야 할 것 아닌가?

‘하기사! 하루 이틀 사업할 거도 아닌데. 내가 일일이 간섭하면 우째 회사를 이끌겠노?’

안심이 안 되는 건 어느 아들이나 마찬가지지만, 특히나 막내는 첫 번째로 성과를 내려던 참이었다.

그게 무위로 돌아가자 더 화가 났던 거였고.

‘쯧쯧. 어쨌기나 이번 일로 막내도 배우는 기 있겠지.’

회장이 씁쓸한 입맛을 다셨다.

"쩝! 무신 말인지 알았다. 사내새끼는 말로 하는 기 아이다. 결과로 보이주는 기다! 알제?"

"네. 아버지."

철강 사장이 가시방석 같던 자리에서 일어났다.

"아버지, 먼저 가볼게요. 일정 맞추려면 부지런히 움직여야 해서요."

건설 사장에게도 돌아보며 인사했다.

"형님. 그럼 저 먼저 일어나볼게요."

건설 사장이 막내의 엉덩이를 툭 치며 위로했다.

"그래. 수고해라. 그리고 정부 쪽 일은 너무 성급하게 진행하지 말고. 상황이 정 급하면 성훈이 일은 내가 어떻게 해볼 테니까."

일부러 동생을 신경 써서 해주는 말이었지만, 그에게는 되레 경쟁심만 불러일으켰다.

'형님은 실적이 많으니까, 그렇게 말씀하실 수 있는 거죠.'

어깨를 으쓱하며 철강 사장이 말했다.

"에이. 제 일은 제가 알아서 할게요. 형님은 신경 안 쓰셔도 됩니다."

돌아서려는 그에게 회장이 말했다.

"하여간 계약 건은 질질 끌 생각하지 말고. 이득 좀 덜 봐도, 성훈이 글마하고 다시 한 번 입 맞춰봐라. 앞으로도 계속 같이 일해야 할 낀데, 그런 걸로 얼굴 붉히가 되겠나?"

"네. 노력해 볼게요."

입술을 삐죽거리며 일어서는 그에게, 회장은 눈매를 가늘게 하며 물었다.

"니 혹시 엉뚱한 생각하고 있는 거는 아이제?"

뜬금없는 말에 철강 사장이 물었다.

"무슨 엉뚱한 생각요?"

"이참에 성훈이 글마를 니가 쥐고 흔들겠다. 뭐 그런 거?"

날카로운 질문에 뜨끔했지만, 철강 사장은 시치미 뚝 떼며 말했다.

"에이. 제 직원도 아닌데……."

이미 어떤 식으로든 제재를 가할 생각을 하고 있었지만, 그는 손사래 치며 히죽 웃었다.

말하지 않는 인간의 속내를 회장이라고 어찌 다 알겠는가?

하지만 자식의 성격을 모르는 아비는 드물다.

회장은 긍정도 부정도 아닌, 모호한 말로 얼버무리며 돌아서는 자신의 막내아들에게 일침을 날렸다.

"딴 놈은 몰라도, 글마는! 절대로 건드리지 마라."

등을 찌르는 회장의 단호한 말에 철강 사장의 눈매가 더욱 매서워졌다.

'이미 결과는 정해져 있습니다. 아버지.'

조용히 숨을 들이쉬며, 결심을 굳혔다.

'두고 보십시오. 제가 녀석을 어떻게 다루는지!'

to be continued

Flatter 퓨전 판타지 장편소설

Wish Books

일천회귀록

사내는 강고하게 선언했다.
"다음 삶에서야말로 나는 너를 죽인다."

『기대하지.』

세상과 함께, 사내의 심장이 찢겼다.

20,000년이 넘는 세월을 살아 왔다.
히든 클래스 전직과 비기 획득도 지겨웠다.
모든 것에 지쳐갔다.
마황에게 죽임을 당하는 순간조차도.

바로 오늘, 강윤수는 999번 회귀했다.
죽거나, 죽이거나.

모든 클래스를 마스터한 남자의
일천 번째 삶이 시작된다.